父と私の桜尾通り商店街

今村夏子

角川文庫
22992

目次

白いセーター

もう何年も前の十二月のこと。朝の情報番組で「ホテルの豪華クリスマスディナー特集」というのを観ていて、よし今年のクリスマスイブの晩ご飯は外食にしようと思い立った。

だけど、わたしとわたしのフィアンセである伸樹さんは、ホテルにいったことがなく、ホテルに着ていく服も持っておらず、ナイフとフォークどころか箸の持ち方さえよくわかっていないようなふたりだった。

夜、仕事から帰ってきた伸樹さんに、イブの夜に食べにいきたい店はあるかとたずねた。ホテルの豪華ディナー以外で。

「……お好み焼きか沖縄料理」

伸樹さんはそういった。お好み焼きか沖縄料理。たしかに、わたしたちの外食といえばそのどちらかしかなかった。沖縄料理の店にはひと月前にいったばかりだった。そのとき、座敷のすみに小さなゴキブリがいるのを見つけた。ちょうど目の前のテーブルにもずくの天ぷらが運ばれてきたところで、天ぷらに気を取られていた伸樹さんは気づいていなかった。仲樹さんのこの世で一番嫌いなものはゴキブリだ。気づいたらショックを受けて食事どころではなくなると思って、わたしも教えなかった。なにも知らない仲樹さんは、揚げたての天ぷらにかぶりついていた。アーサー入りのだし巻きたまごも、角煮も、にんじんしりしりも、ソーキそばも、アイスクリームも、おいしそうに食べていた。

沖縄料理。いいと思うけど、もしクリスマスの夜にゴキブリがでたらどうしよう。わたしなら平気だけど、仲樹さんが目撃してしまったらどうしよう。

というわけで、その年のわたしたちのクリスマスディナーは、お好み焼き屋に決まった。駅の向こう側にある、コロコロに太ったおばさんがやっている店だ。今までに三回食べにいったことがある。前回食べにいったのは花火大会の帰りだったから、四カ月以上前だ。店にはお好み焼きを焼いてくれるおばさんと、おばさんの旦那さんと思われるやせたおじさんもいる。そのおじさんは体の具合が悪いのか、いつもカウンターのなかのいすに腰かけて、焦点の合っていない目でぼんやりと店のテレビを眺めている。おばさんに「水」といわれないと、水を注ぎ足すこともしないけど、お客さんが店に入ってきたときと、出ていくときには、ゆっくりといすから立ち上がり、必ず戸口に向かって頭を下げていた。

元々あの店は旦那さんがやっていて、でも突然病に倒れて思うように体が動かなくなってからは、奥さんにまかせるようになったんじゃないか、と仲樹さんは推理した。わたしもそう思った。でもこうも考えた。

「あの店は最初からずっとおばさんが仕切ってるんだよ。おじさんは元々なんにもできない人なの。でもおばさんのことをすごく愛してて、ただそばにいたいからってだけであそこにじっと座ってるんだよ」

仲樹さんは、

「……まあ、その可能性もある」

といった。

クリスマス当日まであと一週間以上もあったけど、わたしはお好み焼き屋でなにを注文しようか毎日考えて過ごした。いつもは豚玉しかたのまないのだけど、クリスマスだからチーズとかおもちとかエビとか、普段手をださないトッピングにも挑戦してみたいと思っていた。仲樹さんはなにを注文するつもりなのかきいた。

「デラックスモダン」

だそうだ。いつもと同じだ。デラックスモダンには、チーズもおもちもエビもイカも豚も麺も入っているからトッピングの必要がない。

「これ着ていこうかな」

わたしはタグがついたままのセーターを衣装ケースのなかから引っぱりだしてテレビを観ていた仲樹さんの前でひろげてみせた。

「これ、去年のクリスマスに仲樹さんからもらったやつ。まだ一回も着てなかったから」

「……やめとけば」

仲樹さんはチラとセーターを見て、すぐにテレビのお笑い番組に視線を戻した。

「なんで?」

「……汚れるよ」

「汚さないようにする」

「……白だから、ソースが飛んだら目立つよ」

たしかに、この一年のあいだに一度も袖を通さなかったのは、真っ白のセーターに汚れをつけてしまうのがこわかったからだ。そしてわたしはお好み焼き屋にいくと必ず服にソースをつけて帰ってくる。

「……それに、においもつくよ」

と仲樹さんはつづけた。

「じゃあこのセーター一体いつ着たらいいの」

「……明日着れば」

「どこにもいく用事がない日に着ても意味がないじゃない」

「……」

「ねえ、いつ着たらいいの」

「……さあ」

といったあと、仲樹さんは、

「ぶはは」

と突然笑いだした。テレビがおもしろいらしい。

「まあいいや」

着ていくものはまたゆっくり考えることにしよう。セーターはとりあえずハンガーにかけてカーテンレールに吊《つ》るしておいた。

大好きな仲樹さんと、大好きなお好み焼きを食べにいく。

「楽しみだなあ……」

眠りにつく前、暗闇のなかでほの白く浮かびあがったセーターを眺めながら、声にだしてそういってみると、なんとも幸せな気持ちになった。

クリスマスイブまであと三日というその日。突然、知らない電話番号から電話がかかってきた。わたしの携帯電話が鳴ること自体、大変珍しいことなので、とっさの判断で切ろうとしたらまちがえて「受話」のボタンを押してしまった。

「もしもし？」と電話の向こうの相手がいった。女の人の声だった。少し安心した。

「……もしもし」

「ゆみ子ちゃん？」

「……」

「あたし、ともかです。仲樹の姉の、ともか」

「あ、おねえさん」

「ふふ、ごめんね突然電話して。びっくりしたでしょ」

「ええ、はい、誰かなーと思って」

「あのね、あ、今いい？　電話大丈夫？」

「はい」

「あのね、突然なんだけど、ちょっとゆみ子ちゃんにたのみたいことがあるんだ」

「……はい」

「だめだったらいってね。無理にとはいわないから」

「……なんでしょうか……」

「あのね、二十四日ってひま？　イブの日」

「その日は、仲樹さんとご飯食べにいく約束をしてて……」

「ご飯っていつ？　昼？」

「夜です。仲樹さん仕事あるから」

「あ、夜なんだ。ほかには？　予定入ってる？」

「いえ……」

「夜に仲樹とご飯食べにいくだけ？　午前中はひまってこと？」

「はい」

「よかったあー！」

　おねえさんの声がひときわ大きくなった。

「なんでしょう……」

「うん、あのね、二十四日のお昼から公民館で子供会のクリスマスパーティーがあるんだけど、あたし役員になってて朝から準備しなくちゃなんないの。それでね、午前中だけでいいから、子供たちあずかっててくれないかなあーって思って。それで電話したんだけど」

「え……、わたしですか」

「うん。お母さんは午前中編み物教室だし、お願いできそうな友達もみんな予定入ってて、ほかにたのめる人いないんだよね」

「えっと、子供たちっていうのは」

「大雅と杏里と悠斗と陸の四人。結菜はいいよ。一緒に連れてくから。ほんとは結菜もあずかってもらえると助かるんだけど、ゆみ子ちゃん母乳でないもんねアハハハハ」

「フフッ」

「親のあたしがいうのもおかしいけど、上ふたりはしっかりしてるから悠斗と陸の面倒はあの子らにまかせてね」

「だったら……」

「そう。だからね、ゆみ子ちゃんには、見守り役っていうか、けがとか病気とか、もしもなにかあった場合に電話でこっちに連絡してくれる係をお願いしたいんだ。ほら、うち旦那が携帯持たせない主義だから。ゆみ子ちゃんにたのみたいのはそれだけ。あとはほったらかしにしといても子供たちだけで機嫌よく遊んでると思うから」

「はい……」

「いい？　お願いしても」

「はい……」

「ほんとに？　よかったあー！　助かるぅー」

「あの」

「なになに」

「あずかるって、うちであずかったらいいんですか？」

「そりゃ、そうしてもらえると助かるけど、でも大変じゃない？」

「はい、うちせまいんで……」

「そういうと思ってね、教会にいかせることにしたの」

「教会ですか」

「うん、杏里の友達が通ってる教会。おととしは旦那も休みだったから家族そろっていったのよ。クリスマスにいくとハンドベルの演奏会もあるしお菓子ももらえるから子供たち喜ぶんだ」

「それは……いいかもしれないですね」

「でしょ。ゆみ子ちゃんは、行き帰りに事故がないように注意して見ててくれたらそありがと！　時間とかまた連絡するね。連絡取れなかったら困るからあたしの携帯番号ちゃんと登録しといてね。たしか前にも教えたはずだよね。あれ。教えなかったっけ？」

「はい、すみません、教えてもらってたんですけどつい忘れちゃって」

「いいのいいの。じゃ、お願いね」

といって電話は切れた。

こうして、下は四歳から、上は小学五年生まで、クリスマスイブに、わたしは四人の子供をあずかることになってしまった。

当日は快晴だった。日中は十一月上旬並みの気温になるでしょう、と朝の情報番組でいっていた。わたしはハンガーにかけておいた白いセーターに袖を通した。

玄関先で、これから会社へ向かう仲樹さんを見送ったとき、仲樹さんはわたしのセーター姿を見て「それでいくの？」といった。

「うん、クリスマスだから」

「……においつくし、汚れるよ」

「そんなの洗えば済むことじゃん」

「……そう」

「いってらっしゃーい」

手を振って仲樹さんを見送ったあと、食器を洗って、洗濯物を干して、髪をとかしてから、わたしも出発した。

おねえさん一家が暮らす団地をたずねるのは二回目だった。前回は今年の春先、仲樹さんと暮らしはじめたばかりのときに、お古のソファをもらいにいったのだった。一面子供たちのラクガキだらけで、座面はカッターで切り裂かれてぼろぼろになったピンクの二人掛けのソファだった。仲樹さんと引きずりながら持って帰って、うちから粗大ごみにだした。

わたしが到着したとき、すでにおねえさんと子供たちは団地の駐輪場にそろっていた。

「おはようございます」

数メートル手前から手を振ってあいさつすると、

と、まもなく生後一年になる結菜ちゃんを抱っこしたおねえさんが振り向いてそういった。

「……遅かったですか？」

携帯電話の画面で今何時かたしかめようと思い、バッグのなかを探っているあいだに、おねえさんはそばに停めてあった電動自転車にまたがった。

「じゃあお願いね」

「あ、ちょっと待ってください、教会の場所は」

「大雅と杏里が知ってるから」

「はい……」

駐輪場の一角で、小学五年生の大雅くんと小学二年生の悠斗くんがボクシングの真似をしてじゃれあっていた。その横では小学四年生の杏里ちゃんと四歳の陸くんがジャンケンをして遊んでいた。

子供たちの顔を見るのは半年以上ぶりだった。ゴールデンウィークに、イオンのフードコートでなにかを食べているところを偶然目撃して以来だ。似たような顔をしている五人兄妹は目立つので遠くからでもすぐにわかった。今日は抱っこひもでおねえさんの胸に抱かれている結菜ちゃんも、そのときは食べものと一緒にテーブルの上にのせられていた。近くでよく顔を見たわけではないけれど、全員、少し見ないうちに顔つきが大人っぽくなっている気がした。大雅くんなんてわたしより背が高くなっている。

おねえさんは「じゃあね、いい子にしてるのよ。またあとでね。大雅、杏里、よろしくね」といい、ペダルをこいでいってしまった。

イオンではこちらが一方的に顔を見ただけなので、子供たちからしてみればわたしの顔を見るのはソファをもらいにいったとき以来ということになる。そのときもそうだったけど、今日も子供たちはわたしにあいさつもなければ話しかけてくる気配もなかった。四人の子供たちはおねえさんがいってしまうとわたしに背を向けて歩きだした。

教会までの道中、大雅くんと悠斗くんは、ゲームの話をして盛り上がっていた。杏里ちゃんと陸くんは、学校か幼稚園で流行っているのか、「あわてんぼうのサンタクロース」の替え歌を繰り返し楽しそうにうたっていた。おねえさんが電話でいっていた通り、どうやらほったらかしにしておいて問題なさそうだった。わたしは子供たちの笑い声をききながら、一番後ろをのんびり歩いた。天気予報は当たっていた。コートがいらないくらいのあたたかな日差しが、わたしたち五人の頭の上におだやかに降り注いでいた。

一方通行だった道を左に曲がって、二車線の道路にでたとき、大雅くんが一段高くなっている歩道をぴょんと降りて、車道を歩きだした。それを見て悠斗くんも真似をしたので、ふたりに歩道を歩くように注意した。車通りは少なかったけど、なにかあったら大変だ。

悠斗くんはすぐに歩道へ戻ったけど、大雅くんは反抗期なのか、何度注意してもわたしの言葉を無視してそのまま車道を歩きつづけた。会うのはまだ二回目だし、もう五年生だし、わたしもそれ以上は強くいえなかった。

コンビニの角を曲がったところで、あずき色の建売住宅の屋根が連なる向こうに、大きな十字架が見えた。何度かきたことのあるコンビニだけど、住宅街のなかにある十字架の存在には初めて気づいた。

「あそこだね」

というと、杏里ちゃんがくるっと振り向いて「そう」といった。

その笑顔を見てわたしはうれしくなった。ちゃんとわたしの目を見て、笑顔で返事をしてくれた。やっぱり女の子はいいなと思った。お兄さんの大雅くんとちがって表情がやわらかい。どことなく仲樹さんにも似ている気がする。

おねえさんはおとしのクリスマスに家族そろって教会にいったといっていたけど、杏里ちゃんだけは、クリスチャンの友達に誘われて、何度も日曜学校に参加したことがあるらしい。このごろ教会によくあらわれるというホームレスの話を、兄弟たちに話してきかせていた。

「ものすっごい、くっさあーいの」

と、そのいいかたがおもしろくて、後ろでききながら思わず笑ってしまった。

「くしゃいのやだあー」

と四歳の陸くんも笑った。

「神父さんに何回も追いだしてってお願いしてるんだけどね、きいてくれないの」

「なんでー」

と悠斗くんがいった。

「外は寒いからしかたないでしょって神父さんはいうの。ホームレスはいくとこないんだからって」

「でもくさいんでしょー」

「うん、ものすっごおーく」

「くしゃいのやあー」

「入ってきた瞬間にね、においでわかるの」

くさったチーズのにおい、と杏里ちゃんは表現した。

悠斗くんがくさったチーズを実際に嗅いだような顔をしながら、

「そいつ、今日もくるのかなあ」

といった。

「たぶん。教会が開いてるときはいっつもくるってマミちゃんいってたから」

「まじかよー。追いだしちゃおうよう」

「あたしたちで追いだしちゃう？　でていけーって」

と杏里ちゃんが目をキラキラさせながらいった。やっぱり、伸樹さんには似ていないと思った。

「うん、でていけーって」

「でていけーって、みんなで、せーのでいおうか」

「こら」

とわたしは注意した。

「ねえねえお兄ちゃん」

わたしの声はきこえなかったみたいだ。杏里ちゃんは、ひとりで車道を歩いていた大雅くんに話しかけた。

「ホームレスがドア開けて入ってきたら、せーので、でていけーっていおうよ」

「こら、だめよ」

とわたしはもう一度注意した。

「ハハ、いいなそれ」

「お兄ちゃん、せーのっていってくれる？」

「わかった。じゃ、今から練習な。せーの」

「だめだってば！」

と、大きな声をだすと、みんな口を「でていけ」の「で」のかたちに開けたまま、振り返ってわたしの顔を見た。

「……そんなことしたら、神父さんに怒られるよ」

とわたしはいった。

子供たちは口を閉じてお互いにチラチラと目を合わせ、そして黙って歩きだした。

ホームレスを追いだす話はそこで終わった。それから教会に着くまでは、ぽつぽつと学校の話やテレビの話をしていたけど、わたしのせいなのか、さっきよりは笑顔が減って話もいまひとつ盛り上がっていなかった。

初めて入った教会のなかは、クリスマスだからというのもあるのだろうけど、想像していたのと全然ちがって明るくにぎやかな雰囲気だった。雪だるまの切り絵や、あちこちにぶら下がっているおりがみで作られた輪っかの飾りを見ていると、昔通っていた幼稚園の教室を思いだした。親子連れや年配の人の姿が多く、すでに三分の二ほどの座席が埋まっていた。前後に空席があるのを見つけて、前の席に杏里ちゃんと陸くんとわたしが並んで座り、後ろに大雅くんと悠斗くんが座った。

わいわいとにぎやかだったのが、聖書を小脇にはさんだ若くて長身の神父さんがマイクの前に立つと、途端にしんと静まり返った。神父さんはおもむろに聖書をひらくと、静かな口調で読みはじめた。

「……ルカによる福音書第二章八節……」

聖書を持っている人といない人、教会のなかは半々くらいだった。チラと後ろを見やると、大雅くんと悠斗くんはひざの上にアニメのキャラクターが描かれたカードを並べていた。

「……地に平和、御心にかなう人にあれ……」

神父さんは淡々と聖書を読みつづけていた。声のトーンは一定で、なんの感情もこもっていなそうだった。聖書のページを目で追っている小さな子供たちは、内容を理解しているのだろうか。わたしには、神父さんが一体何の話をしているのかさっぱりわからなかった。

「……そして羊飼いたちは天使が話してくれたことを」

陸くんをあいだにはさんで、わたしの隣りの隣りに座っていた杏里ちゃんが大きなあくびをひとつした。つられてわたしも手で口元を隠してあくびをした。

神父さんが聖書のページを一枚、音もなくめくったときに、教会の後ろの扉がキイイ……と静かにひらく音がきこえた。

「でていけーっ！」

その音に反応したかのように、それまでわたしの右側におとなしく座っていた陸くんが突然いすから立ち上がった。そして後ろを振り向くと、大きな声でいった。

心臓が止まるかと思った。陸くんはもう一度叫んだ。

「でていけーっ」

「ちょ、ちょっと」

「でていけーっ！」

「しっ静かに……」

「でていけーっ」

「陸くん！」

神父さんが怪訝《けげん》な表情でこちらを見ていた。

わたしは慌てて陸くんの小さな体を自分の体に引き寄せた。

「でて……」

「陸くん！」

とっさに、手のひらで陸くんの口をふさいだ。

すると今度は、

「んー、んー」

といいながら手足をばたばたさせて暴れだした。わたしは手のひらで口をふさいだまま、もう片方の手で陸くんの鼻をギュッとつまんだ。

「んーっ！」

それでもまだわたしの腕のなかで暴れていたけど、そのまま十秒くらいいたったら、陸くんはおとなしくなった。

神父さんの顔をうかがうと、まださっきと同じ表情のままでこっちを見ていた。

わたしが（もう大丈夫です）という意味をこめて、エヘと笑ってペコリと頭を下げても、神父さんの視線はそのままだった。

（大丈夫です）

もう一度笑ってみせた。

神父さんはわたしの顔ではなくて、わたしの腕のなかの陸くんを見ているのだった。

「あ」

二十秒、三十秒……、その瞬間まで、わたしは、陸くんの鼻と口をふさいだままだった。サッと手をはがすと、陸くんは一拍おいて、ゲホッと大きなせきをした。

「ゲホッ、ゴホッ、ゴホッ」

と、たてつづけにせきをしたあと、

「オエ～ッ」とえずいた。

そしてむっくりと上半身を起き上がらせたかと思ったら、わたしの左胸を思いきりパンチした。

あまりの痛みに、

「ウッ」

と声がもれた。

陸くんは間髪を容《い》れずに今度は右胸もパンチした。

今度は声がでなかった。陸くんはすぐにまた左胸をパンチした。右、左、右、と交互にパンチはつづいた。あまりの痛みに身をよじると、その拍子に陸くんはバランスを崩して座席から転がり落ちた。ゴツン、と頭が床に当たった音がした。

「……うえ～ん」

床の上に仰向《あおむ》けになった状態で、陸くんは泣きだした。

「陸！　大丈夫？」

すぐに杏里ちゃんが抱き起こした。

「うえ～、うえ～ん、え～ん」

「陸！」

大雅くんと悠斗くんが席を立って陸くんのもとまで駆け寄ってきた。

教会のなかはざわざわしていた。神父さんも聖書を置いて陸くんのようすを見にきた。

「うえ～ん」

「頭打ったか？　どこだ？　どこが痛い？」

大雅くんが陸くんの頭を両手でなで回していた。

わたしはズキズキする胸をおさえながら呼吸を整えるだけで精一杯だった。泣きたいのはこっちも同じだった。

陸くんの泣き声は、まもなくすすり泣きに変わっていった。杏里ちゃんからチョコレートのかたまりを口のなかに入れてもらうと、うそのように涙が止まった。

「よかった。大丈夫そうだね」

神父さんは陸くんの頭をそっとなで、定位置に戻っていった。

わたしの胸はまだズキズキと痛かった。神父さんと目が合うかと思ってしばらくその顔を見つめていたけど、一度も目が合うことはなかった。

「陸、こっちに座れ」

大雅くんが陸くんを抱きかかえて、勝手に後ろの席に連れていった。

大雅くんのひざの上に座った陸くんは、神父さんの話のつづきをききながら眠ってしまったけど、ハンドベルの演奏がはじまると目を覚まし、メロディーに合わせて楽しそうに「きらきらぼし」を歌っていた。

教会からの帰り道、子供たちはおみやげのお菓子の袋を早速開けて、食べながら歩いた。大人のわたしにも出口のところでお菓子の袋が手渡された。お腹はすいているはずなのだけど、胸の痛みのほうが気になって、食べ歩きをする気分にはなれなかった。

杏里ちゃんがかっぱえびせんを食べながら、

「陸、さっきなんで叫んだりしたのー」

と陸くんにきいていた。

「今日、ホームレスこなかったのに」

陸くんはチョコレートでコーティングされたスナック菓子をむしゃむしゃほおばりながら、

「しらね」

とこたえた。アニメかマンガの主人公の口真似なのか、

「しらね。おらしらね」

と、楽しそうに繰り返しては、キャッキャッと笑っていた。

団地へつづく道へ曲がる少し手前のところで、子供たちはなぜか反対方向の細い道に入っていこうとした。

「ちょっとどこいくの」

と声をかけたら、悠斗くんが無表情で振り返って、

「……公民館」

といった。

すっかり忘れていた。帰りは子供会のクリスマス会会場になっている公民館まで送りとどける約束だったのだ。わたしは子供たちの背中を追いかけた。小走りになっただけで胸がズキズキと痛んだ。

公民館に到着して、「北野地区子供会クリスマス会会場」と書かれた紙が貼りつけてあるドアを目の前にしたときは、やれやれこれでやっと解放される……という気持ちだった。

扉を開けると、結菜ちゃんをおんぶしたエプロン姿のおねえさんがすぐにこちらに気がついた。

「あらー。思ったより早かったのねえ！」

手には大きなボウルと菜箸を持っていた。おねえさんのほかに、保護者と思われるおばさんたち何人かが、グループにわかれてそれぞれおにぎりをにぎったり、フルーツを盛りつけたり、会場となっている会議室のなかを飾りつけたりしていた。みんな忙しそうだった。

「やだ、なに、あんたたちお菓子食べてるの。これからクリスマス会なのに。せっかく用意した料理食べられなくなるじゃない。ちょっとゆみ子ちゃん、注意してくれなくちゃ」

「……すみません」

「みんないい子にしてた？　問題なし？」

「はい」

「あら？　陸、どうしたの元気ないじゃない。さてはお菓子でお腹いっぱいになったんでしょう」

陸くんからお菓子の袋をとりあげてなかのごみをチェックしているおねえさんに、

「トイレいってきます」

と声をかけて、一旦会議室から廊下にでた。

公民館のトイレの手洗い場で、誰もいないのを確認してから、セーターとシャツと下着をめくり、鏡に裸の上半身を映してみた。

意外にも、見た目にはなにも変わっていなかった。殴られたところが赤く腫れているか内出血でもしているんじゃないかと思っていた。

ただ、相変わらずズキズキと痛い。今夜は楽しみにしていたお好み焼きなのだから、せめて仲樹さんとの待ち合わせの時間までには痛みが和らいでくれることを願った。

早く帰って少し横になろう、クリスマス会の準備を手伝ってといわれる前に……。

ドアの陰から顔だけだして簡単にあいさつを済ませたら、すぐに帰るつもりで会議室のドアをほんの少しだけ開けた。

開けた瞬間に、おねえさんと視線がぶつかった。おねえさんは、わたしがドアを開けるのを待ち構えていたかのように、

「ちょっといい？」

といった。

「陸が元気ないみたいなんだけど、教会いってるあいだになんかあった？」

陸くんはおねえさんの後ろのパイプいすにちょこんと腰かけていて、戦隊ヒーローらしき人形を両手でいじっていた。

元気がないようには見えなかった。わたしには普通に見えた。

「……そうですか？」

とわたしはいった。

「ほっぺに涙のあとがついてたからなんかあったんじゃないかと思ったの。なにもなかった？」

「はい、帰り道もお菓子食べて元気そうにしてましたよ」

「そう。じゃ、けんかかな。兄弟げんかしてた？」

「けんかは……、してなかったと思いますけど」

「じゃあなんで泣いたの？　そばにいたんでしょ陸が泣いてるとき。なに、いなかったの？」

「いましたよ。いました。はい、陸くん泣いてました」

「どうして」

わたしは首をかしげた。

「どうしてだったかな……？」

「思いだせない？」

「あ」

「思いだした？」

「はい、転んだんです」

「どこで？」

「教会で。教会のいすから転げ落ちたんです、陸くん。けがはなかったんですけど」

「そうだったの。早く教えてよ、そういうことは」

わたしは肩をすくめて「すみません」といった。

「陸、大丈夫？　どこも痛くない？」

「大丈夫だと思います。神父さんもけがをしてないか見てくれてましたから」

おねえさんは人形の股を閉じたりひらいたりして遊ぶ陸くんの頭をなでた。

「それならよかったけど……」

「あの、わたしそろそろ」

といったそのとき、

「うそだ！」

と後ろから声がした。

振り返ると、大雅くんがこっちをにらんでいた。

「その人が陸を泣かしたんだ！」

とわたしの顔を指差していった。

おねえさんと目が合った。わたしは首を横に振った。

「おれ見てた！　陸はその人にやられたんだ！」

わたしはおねえさんの目を見てさっきよりも高速で首を振った。

会議室のなかにいる人たち、全員の視線がわたしの顔に集まっていた。

「おれ見てたんだ。その人が、陸の息を止めようとして、それで陸はパニックになって泣いたんだ」

と大雅くんはいった。

少しの間があって、おねえさんがつぶやいた。

「……ほんとなの」

「うん」大雅くんがうなずいた。

おねえさんは青白い顔をわたしに向けた。

「わたし、そんなことしてません……」

「うそだ！」

「うそじゃありません！」

わたしはおねえさんの目を見ていった。

「陸くんがいきなり叫びだしたんです。神父さんが聖書を読んでるときに、いきなり興奮したみたいに叫びだしたんです。それでわたし、まわりに迷惑になるから静かにさせないとと思って、口を少し押さえました、こう、口を、手で。それだけです。そうしたら陸くんが勝手に」

「おまえうそつくなよ！」

「うそじゃありません！」

「おれの席から見えたんだ！」

「ほんとなんです。わたしほんとに、……ねえ、ねえ、陸くん」

と、陸くんのほうを見ると、おねえさんはサッと陸くんの体に腕を回してわたしの視線からかばうような仕草をした。

「ちょっと、ほんとにちがいますってば……。ねえ陸くん」

「陸、ほんとうのこといえ!」

さっきまでケロッとした顔をして人形で遊んでいた陸くんが、怯《おび》えたような目でわたしを見ていた。

「陸、殺されそうになったっていえ!」

「わ、わたし、ほんとに」

「陸!」

「ここは、ひとりずつ話をきいたほうが……」

と、どこの誰だか知らないけど、くまのイラストが大きくプリントされたエプロンをつけたおばさんがおねえさんに近寄っていった。「ね、まずは大雅くんから……」

「まずわたしからです!」

とわたしはいった。

「まずわたしの話をきいてください。わたしほんとになにも」

「うそつき野郎！　警察呼ぶぞ！」

「大雅！」

「だって、おれだけじゃないんだ、杏里も悠斗も見てるんだ。な、そうだよな、見たよな」

「なにかのまちがいです！　信じてください！　わたし、陸くんが叫んだからびっくりして、みんなの迷惑になると思って、でもそのあと陸くんわたしの胸を殴ってきて、そう、わたし、何回も胸を殴られて……」

結菜ちゃんが泣きだした。

「ゆみ子ちゃん、ちょっと外にでましょうか」

くまのエプロンのおばさんに結菜ちゃんをあずけながら、おねえさんがいった。

わたしは会議室の前の廊下でおねえさんに説明した。大雅くんはなにか勘違いしている、わたしはなにもしていないといった。おねえさんはわたしの目をじっと見つめていた。

わたしが話し終えると、

「よくわかった、ありがとう」

といった。

そのあと、会議室に戻ろうとしたら呼び止められて、今日はもういいから、帰っていいよ、といわれた。

「手伝います」

とわたしはいった。

おねえさんは首を横に振った。

それで、そのままアパートに帰ってきた。


朝、仲樹さんには仕事が終わったらメールしてねと伝えてあった。仕事帰りの仲樹さんと駅で待ち合わせて、一緒に歩いてお好み焼き屋に向かう予定だった。

六時十分にメールが入ってきた。

『実家に寄ってからアパートに戻ります』

わたしはすぐに、

『なんで？　なんかあったの？』

と送った。

仲樹さんからの返信は五分後に届いた。

『実家で話があるそうなので』

わたしは、

『そうなんだ。わかった。何時くらいになりそう？』

と送った。

それに対する返信はなかった。さらに二十分後、

『一回アパートに帰ってくるの？　駅で待ち合わせたほうが早くない？』

と送ったけれど、それに対しても返信はなかった。

仲樹さんがアパートに帰り着いたのは夜の八時過ぎだった。わたしは灯《あか》りをつけずにこたつにもぐって横になっていた。

ガチャガチャと玄関のカギを開ける音がして、ドアの向こうがパッと明るくなった。わたしは目を閉じたまま「おかえり」といった。

仲樹さんはなにもいわなかった。

いつも会社に持っていく大きなリュックサックを畳の上にどすんと下ろす音、サラサラとナイロン製の黒いコートを脱ぐ音がすぐ近くできこえていた。わたしは目をつむったままだった。

しばらくして洗面所から、水を流す音がきこえてきた。そのタイミングで目を開けてこたつからでた。仲樹さんが手を洗っているあいだに、なにもいわずに玄関へいっ

て靴をはいておもてにでた。

途中、アパートにコートを取りに帰ろうかとも思ったけど、駅に向かってそのまま歩いた。午前中は気温が高くて、コートを着ていると汗ばむくらいだったのに、今は凍え死にそうだった。

コンビニや牛丼屋からは、耳慣れたクリスマスソングがきこえてきた。玄関先の植木に豆電球を巻きつけた家の前を通り過ぎ、宅配ピザのバイクにまたがったサンタクロースとすれちがった。今朝、家の下駄箱の上に、百円ショップで買ってきたサンタクロースとトナカイの置物を飾っておいたのだけど、仲樹さんは気がついただろうか。

大通りを避けて、人通りのない住宅街を歩いていった。民家の台所から漂ってくる晩ご飯のにおいを嗅いでいるとお腹が鳴った。朝ご飯にロールパンをひとつ食べたきり、なにも口にしていなかった。今夜はどの家でもチキンやケーキを食べて、遅い時間までパーティーを楽しむのだろうか。なかにはカレーのにおいが漂ってくる家もあった。お好み焼きのにおいのする家はなかった。

どぶ川に沿ってしばらく歩いていると、どこからか、ガチャ、ガチャン、と妙な音がきこえてきた。はじめ、遠くのほうできこえていたその音はだんだんこちらに近づいてきた。あたりを見回しても、音の正体はわからなかった。そのままゆっくり歩いているとと、前方の暗がりのなか、ゆらゆらと近づいてくる一体の人影に気がついた。電柱に取りつけられた街灯に照らされた瞬間、その人影がホームレスだとわかった。さっきからきこえていた音の正体は、空き缶と空き缶がぶつかる音だった。空き缶の詰まったポリ袋を肩にかついだホームレスが、ぼろきれを身にまとい、片足をひきずり、くさったチーズのようなにおいをあたりにまき散らしながら、こっちに向かって歩いてくるのだった。

あと数メートルですれちがうというとき、わたしはホームレスとぶつからないように、どぶ川沿いに張り巡らされたフェンスのほうに体を寄せた。

すると、ホームレスもフェンスのほうに寄った。

今度はせまい道の左はし、民家の壁のほうに寄った。するとホームレスも、まるで鏡みたいに、わたしと同じほうに体を寄せた。慌てて右に寄ると、また同じほうに寄った。壁に寄ると壁側に、フェンス側に寄ると向こうもフェンス側に寄った。

このままではぶつかると思ったその瞬間、

「どけっ！」

顔の真ん前で怒鳴られた。

ホームレスは、すれちがいざま、空き缶の詰まったポリ袋をわざとのようにわたしの体に乱暴にガチャンガチャンとぶつけていった。

そのようすを見ている人はいなかった。まわりには誰もいなかった。ホームレスから浴びせられたつばを顔面につけたまま、わたしはひとりでふらふらと歩きつづけた。そのうちに、どぶ川は舗装された道の下に隠れて見えなくなった。

住宅街を抜けて、駅前にでて、踏切を渡って、飲食店の建ち並ぶ通りを抜けた。さらに歩いて、また別の住宅街に入っていった。さっきの住宅街よりも、古い家の多い地域だ。近所をひとりで散歩することはめったにないけど、ここは伸樹さんとふたりで何度かきたことがあった。平屋の建ち並ぶ一帯を通り過ぎて、コインランドリーの角を左に曲がったら、「ますだ」と書かれた明かりの灯《とも》った立て看板が見えてくる。

店の前に立って耳を澄ませてみたけど、クリスマスソングはきこえなかった。代わりに、テレビの音声だろうか、クイズを出題する男性アナウンサーらしき声がきこえてきた。

のれんをくぐって引き戸をそろそろと開けると、

「いらっしゃい」

とコロコロに太ったおばさんの、甲高い声が迎えてくれた。

店内に目をやると、カウンター席に伸樹さんの見慣れた横顔があった。

仲樹さんはすぐにわたしに気がついた。でもなにもいわなかった。

わたしもなにもいわなかった。店の戸口から仲樹さんの横顔を黙って見ていた。

「……戸、閉めてくれるかな？」

と店のおばさんにいわれた。わたしは閉めなかった。

仲樹さんとわたしの顔を交互に見比べたおばさんが、仲樹さんのグラスの横に、水の入ったグラスをトンと置いた。

「どうぞ、座ったら」

とおばさんがいった。

わたしは座らなかった。頬杖《ほおづえ》をついている仲樹さんの横顔を店の戸口に立ったまま見ていた。

やがて仲樹さんはため息をひとつついて、わたしを手招きした。

わたしは首を横に振った。仲樹さんは、もう一度手招きした。

「いや」

とわたしはいった。

「……座りなよ」

と仲樹さんがいった。

「座らない」

「そこで立って食べるつもり？」

「食べない」

とわたしはいった。

おばさんがわたしの顔をじろじろ見ていた。

「いいから、座りなよ」

「いや」

「座りなよ、まだ注文してないから」

「セーターが汚れるからいや」

「……汚れたら洗えばいいだろ」

「においがつくからいや」

「……だから、洗えば済むことだろ」

「洗ったらちぢむからいや」

「……かして」

仲樹さんは片手をこっちに伸ばした。

「……なにを？」

「そのセーター。脱いで、かして」

わたしはいわれた通りにセーターを脱いで、長袖のシャツ一枚になった。去年のクリスマスに、仲樹さんが買ってくれた真っ白なセーターを、仲樹さんの座る席まで持っていって、その手に渡した。

仲樹さんは隣りのいすの上に脱いで置いてあった自分の黒いコートで、わたしのセーターを包んでくれた。

これで汚れなくなった。においもつかなくなった。

戸口を閉めにいっていたおばさんがカウンターに戻ってきて、

「注文決まった?」

と不機嫌そうな顔つきできいてきた。

「豚玉ください」

「デラックスモダン」

わたしたちはいつもと同じものをたのんで、いつもと同じペースで食べた。デラックスモダンはボリューム満点なのに、仲樹さんはいつもわたしよりも早く食べ終わる。

お酒は一滴も飲まなかった。お酒は、家に帰って、お風呂に入って、テレビを観ながら、柿ピーとアルファベットチョコをつまみに飲むのだ。いつもそうだ。今夜もそうなのだろうか。

伸樹さんが代金を支払っているあいだに、わたしはセーターを着た。

ふたり一緒に店の外へでた。気のせいか、店に入る前のほうが寒かった。ホワイトクリスマスにはほど遠い夜だった。風もなく、伸樹さんはコートを手にして歩いた。

アパートまでの道をふたり並んで歩きながら、ここへくる途中に、ホームレスを見た話をした。そのホームレスは空き缶のたくさん詰まったポリ袋を肩にかついでいた、真っ白な長いひげを生やしていて、上下赤い服を着ていて、赤い三角帽子までかぶっていたからまるでサンタクロースみたいだった、袋のなかで空き缶同士がぶつかるカランコロンという音が、トナカイの鈴の音みたいだった、とわたしはいった。

それならおれも見たよ、と、伸樹さんがいった。

「ここにくる途中に。空き缶の袋持って歩いてた。たぶん同じ人だろう」

「そう」

とこたえて、わたしはふと泣きたくなった。

歩く速度が落ちたわたしに、伸樹さんが、

「どうした」

ときいた。

「胸が痛いよ」

とこたえた。わたしは右の手のひらで胸を押さえた。

「殴られたところ？」

と仲樹さんがきいた。

わたしは首を横に振った。

「ちがう」

「教会で、陸に殴られたんだろ。きいたよ」

「ちがうの、大丈夫。もう治った。ほら、元気元気」

仲樹さんはそれ以上なにもいわなかった。わたしたちは黙って帰り道を歩いた。

駅を過ぎたあたりで、わたしはお好み焼き屋のカウンターのなかでいつもボーッと座ってテレビを観ているおじさんが、今日はいなかったことを思いだした。仲樹さんにそれをいうと、仲樹さんは、

「体の具合、悪いのかもしれないな」

といった。わたしもそう思った。でも口ではちがうことをいっていた。

「もしかしたら、おばさんと離婚して、おじさんでていったのかもしれないよ」

仲樹さんは、

「その可能性もあるな」

といった。

……離婚しますか、わたしは仲樹さんにきいた。仲樹さんは、結婚しないと離婚できないよ、といった。


あの晩、仲樹さんの黒いコートにくるまれていたわたしの白いセーターは、汚れからは守られたけど、においからは守られなかった。

お好み焼きのにおいのしみついたそのセーターを、わたしはスーパーのポリ袋に入れて衣装ケースの一番下の一番奥にしまいこんだ。

今でも、一日を無駄に過ごしたい日にたまに取りだすことがある。固くしばってある袋の口を少しだけひろげてなかの空気を吸いこむと、あのクリスマスの日のできごとや、それ以外の日々のことまで思いだされて、いつまでもスーハースーハーしながら泣いたり笑ったりできるのだ。もうとっくに、お好み焼きのにおいは消えてしまっているけれど。

ルルちゃん

二十代の頃から人材派遣会社にスタッフ登録している。働きたい時だけ電話をかけて、その場で週単位や月単位の仕事を紹介してもらう。たまに会社側から「急募！」と銘打った仕事要請のメールが届くこともあるが、これは無視しておいてかまわない。わたしが希望する職種は食品工場の製造補助かクリーニング工場の仕分け作業だ。一年前からは自宅から歩いていける距離のところにあるクッキー工場で週に四、五回働いている。そこで友達になったレティという名のベトナム人の女の子と今日、映画を観にいった。レティの将来の夢は映画に携わる仕事に就くか、ゲームプランナーになることだ。工場の休み時間は同じ趣味を持つ仲間と映画かゲームの話ばかりしている。正直、わたしはどちらにも興味がない。映画が終わった後に入ったラーメン屋で、クライマックスシーンの手前で睡魔に負けてしまったわたしのことを、レティはモッタイナイ！　となじった。

「そうそう、それそれ！　それが正しいモッタイナイの使い方」

わたしはレティのどんぶりに自分のチャーシューを一枚入れてやった。わたしはレティの日本語の先生で、レティはわたしのベトナム語の先生だった。一生に一度でいいから海外旅行をしてみたい、といったわたしに、ドンホイニ、キテクダサイ、とレティはいった。カゾクニ、ニホンノトモダチ、ショウカイシタイ。嬉《うれ》しかった。

ラーメンを食べた後、わたしのアパートに寄ってコナンの続きを十冊ばかり貸した。前に貸したのがまだ一冊も返ってきていないので、今月いっぱい待ってみて返してくれなかったらこちらから催促しようと思う。玄関先で漫画を手渡すだけの予定だったが、のどが渇いたというから上がってもらった。レティはわたしの部屋の一人掛けソファに腰を下ろすと、紙袋に詰めて渡した十冊のうち一冊を取り出してパラパラめくった。台所でオレンジジュースをグラスに注いで戻ってみると、ページの間に指を挟んで、室内の一点をぼんやり見つめていた。

「シン　モイ（どうぞ）」

わたしの差し出したグラスを受け取りながら、レティは手にした漫画で本棚のほうを指し、「doll（お人形）」といった。わたしはうなずいた。

「ルルちゃん」

「ルルチャン？」

イエスルルちゃん。レティがこの部屋を訪れるのは三度目だが、今日初めてルルちゃんの存在に気がついたらしい。

「ヤマネサンノ、doll?」

「ホン（いいや）」

「タレノ？」

誰の。ルルちゃんはルルちゃんだ。誰のものでもない。


ルルちゃんは十年前にうちにきた。

当時は、現在籍を置いている派遣会社とは別の派遣会社にスタッフ登録していた。派遣先は月単位で変わったが、やはりいずれも工場だった。わたしは週に三日ほど働き、仕事の無い日は本を読むという生活を送っていた。家には韓流狂いの母とニートの弟がいたから市の図書館を利用した。静かで冷房が効いていてタダでお茶が飲めるので、おにぎりを二個持っていくだけで一日中快適に過ごすことができた。読む本の内容はずいぶん偏っていた。『開運！　今日から始める朝習慣』『風水で幸運体質を手に入れよう』『幸せの神様に愛される方法』『運が良くなる二十のヒント』……。どの本にも太陽の光を味方につけろと書いてあった。朝起きたらまずカーテンを開けてお日さまに感謝すること。この習慣は今も続いている。

その女の人は安田さんといった。

下の名前は聞いたのかもしれないが覚えていない。当時のわたしの年齢よりひと回りくらい年上、つまり四十前後に見えた。安田さんとわたしは図書館内のラウンジで知り合った。

初めて言葉を交わした時のことはよく覚えている。わたしが昼食用に持ってきていたおにぎりをうっかり取り落としてしまい、それを拾ってくれたのが安田さんだったのだ。コロコロと床を転がったおにぎりは、窓際の席でコーヒーを飲んでいた安田さんの足に当たって止まった。頭を下げながら駆け寄っていったわたしの目の前で、安田さんはホコリのついたおにぎりをヒョイと拾い上げた。「すみませんごめんなさい」「いいえ」これが最初に交わした言葉だ。

二日後、前回の失敗を踏まえて少し慎重におにぎりを口に運んでいると、「ここ空いてますか?」と声を掛けられた。安田さんだった。この日初めてお互い自己紹介をした。わたしたちはラウンジの窓から見えるビル工事の話や、天気の話をした。安田さんは専業主婦で、図書館へは週に一度か二度、本を返しにくるのだといった。併設されている文化センターでいくつか習い事をしているので、そのついでに借りた本を返しにくる。せっかくだから一冊くらい借りて帰る。そして翌週返しにくる。手話、生け花、着付け、パッチワーク、お菓子作り。習い事関連の本を借りることが多いが、家ではほとんど読まないのだという。返しにきた時にラウンジでコーヒーを飲みながらぺらぺらぺらとページをめくるだけだといった。「借りなければ良いんでしょうけど。返しにくるとつい借りたくなるの。貧乏性なのかしら」

貧乏、という言葉の似合わない人だった。上品な物腰と、平日は習い事に興じる専業主婦、というイメージから真逆の暮らしを想像させられた。実際はどうだったかというと、貧乏ではないがお金持ちというわけでもない、という印象だ。安田さんはわりと新しめの、七階建ての賃貸マンションにご主人と二人で暮らしていた。ひょんなことからお邪魔する機会があったのだ。初めて言葉を交わしてから二ヵ月ほどたっていただろうか。

それは、いきあたりばったりな出来事だった。その日はたまたま閲覧室で居眠りをしてしまい、いつもより一時間ほど遅く図書館を後にした。帰り方面のバス停へ向かう途中の横断歩道の手前で、右のほうから見たことのある顔が近づいてくるなと思っていたら、安田さんだった。

「あらー。偶然」

「わ。びっくりした」

「帰り？」

「はい。安田さんは」

「そこのスーパーでちょこっと買い物」

　安田さんは長財布だけ持っていた。いつもは丈の長いワンピースを着ていることが多いが、この時は黒のポロシャツにジーンズという恰好《かっこう》だった。図書館のラウンジ以外で顔を合わせるのは初めてだ。

「この時間でも暑いのねえ」

「昼間は三十五度超えたっていってましたよ」

　ここでもわたしたちは天気の話をした。バス停とスーパーの方向が一緒だったので、信号が青に変わるのを待ってから二人で横断歩道を渡った。渡っている途中で今夜うちカレーなの、と安田さんがいい、カレーですか、良いですね、とわたしがこたえた。

「カレー好き？」「好きです」「もし良かったら食べていく？」「え？」「うちすぐそこだから」「でも……」「遠慮しないで」「いいんですか」「どうぞどうぞ」

　このやりとりのあった三十分後、わたしは安田家の食卓についていた。今思うと、とてもお腹が空いていたのだと思う。

　スーパーで安田さんはお酒のボトルと福神漬けを買っていた。カレーは昨夜から仕込んであるそうだ。

「カレーもシチューもうちは二日間煮込むのよ。その日に作ってすぐ食べるのはナスとひき肉のカレーくらいかな」

今夜はチキンカレーだという。

安田さんのマンションは図書館とスーパーのちょうど中間あたりに建っていた。エントランスもエレベーター内もピカピカに輝いていたので、新築ですか？　と訊《たず》ねると、さあ、と首をかしげた。「主人の会社が勝手に用意したマンションだから、あたしはよく知らないの。うちね、転勤族なのよ。ここに越してくる前は高松《たかまつ》に三年いたの。その前は福井でその前は大阪でその前は熊本。静岡が一番長くて七年いたかな。子供がいないからなかなか土地に馴染《なじ》めなくてね。家に閉じこもってても仕方ないから、習い事をするようになったんだけど、せっかく信頼できる先生に出会えてもすぐまた引っ越しでしょ。やんなっちゃうわよ」

エレベーターに乗り込んだ時から部屋のなかに入るまで、安田さんはしゃべり通しだった。どちらかというと口数の少ない人という印象があったので意外な気がしたが、図書館のラウンジでは周りに気を遣っていたのかもしれない。

「夕[illegible]、ご主人は……」

「仕事。帰りはいつも八時過ぎかな。飲めないもんだから毎日きっちり同じ時間に帰ってくるの。たまには羽伸ばしてきたらっていうんだけどね。あんまり遊びが得意じゃないみたい。定年になったらこの人毎日何して過ごすつもりなんだろうって心配になっちゃうわよ。まだ十年以上も先の話なんだけど、今のうちから趣味のひとつくらいは見つけておいたほうが良いと思うの。じゃないとあっというまにボケちゃいそう。それにはやっぱり手先を使う趣味が良いのかしら。老化防止には。ね、よくいうわよね手指と脳はつながってるとか何とか」

「そうですね」

安田さんの部屋は七階建ての七階にあった。エレベーターを降りて目の前が玄関だった。安田さんがドアを開けるとふわっと木の匂いがした。

「そのへん適当に座ってて。お茶淹《い》れるから」

「はい」

リビングも同じ木の匂いだった。そういう匂いの芳香剤かもしれない。目につく家具はすべて黒で統一されていた。部屋の面積に比べて大きすぎるソファがテレビと向かい合うかたちででんと置かれていた。わたしはソファの一番左はしに腰を下ろそうとした。

「わっ。びっくりした」

「何？　どうしたの」

ソファの上を指差すと、安田さんは「ああ」と笑った。

わたしが座ろうとした場所には先客があった。それは女の赤ちゃんを模した人形だった。

名前は「ルルちゃん」。正式名称は「よちよちルルちゃん」。わたしの子供時代から現在に至るまで、全国のおもちゃ屋で販売されている幼児向けの知育人形だ。

「かわいいでしょ？」

「はい」

小さい頃、欲しくて欲しくてたまらなかったのだが、うちの親が買ってくれるわけもないので友達が持っているのを指をくわえて眺めていた。

「どうぞ、座ってよ」

「失礼します」

わたしは憧れのルルちゃんの隣りに腰を下ろした。

「テレビでも観る？」

安田さんはローテーブルの上にアイスコーヒーのグラスを置くと、テレビのチャンネルをなぜか通販番組に合わせて、キッチンに戻っていった。安田さんがこちらに背を向けているのを確認してから、わたしは今にも倒れそうになっているルルちゃんの体に手を伸ばし、そっとひざの上に抱き上げた。

何十年ぶりかに間近で見たルルちゃんは、記憶のなかのルルちゃんと何も変わっていなかった。サラサラの金髪ボブに、くるんと上を向いた長いまつげ、薄茶色のまん丸お目めと小さなハート形の唇、ほんのりピンク色のほっぺたが何とも愛くるしかった。黒を基調とした安田家のリビングにこの愛くるしさはどう考えても不似合いだ。一体なぜこんなところにルルちゃんが。安田さんの？　まさか。でも、あり得ないことではない。プラレールを趣味とする中年男がいるのだから、人形遊びにはまる中年女がいてもおかしくはない。実際、ルルちゃんの着ている洋服は既製品にしては色が地味すぎた。安田さんの手作りかもしれない。

（ねえねえ、どうしてこんなところにいるの？）

ルルちゃんに訊《き》いても教えてくれなかった。

「もうできるわよ」

キッチンから安田さんが叫んだ。いつのまにか、木の匂いは消えて、部屋中にカレーの匂いが充満していた。

ダイニングテーブルにつくと、そこにはスプーンと一緒にナイフとフォークもセッティングしてあった。ご飯の色は白ではなく黄色だった。

「どうぞ召し上がって」

一緒に食べるのだと思っていたが、カレーもサラダも一人前しか用意されていなかった。わたしが着席するのと同時に、安田さんはキッチンで洗い物を始めた。いただきます、と声を掛けても水の音できこえないのか返事がなかった。わたしはひとりでカレーを食べた。

味は、おいしいのかもしれないがよくわからなかった。特大の骨付きのチキンを切り分けるために全神経を手先に集中させていたためだ。ご飯もルーもたっぷりで、食べても食べても減らなかった。

ようやく一皿を食べ終えた時には首から指の先までガチガチに凝っていた。おかわりをすすめられたが丁重にお断りした。安田さんはおたまで鍋のなかをかき混ぜながら、「良かったらこれ持って帰らない？」といった。「主人と二人だとなかなか減らないのよ」

「そうですか、じゃあ、少しだけ……」

「遠慮しなくていいのよ。どのくらい持って帰れる？　たしかひとり暮らしだったわよね」

「いえ、実家です」

「そうだったの？　てっきりひとり暮らしだと思ってたわ」

安田さんとは家族の話をしたことがなかった。

「おうちの人、今頃夕飯作って待ってるんじゃないかしら？」

「大丈夫です。うちは誰も料理しませんから」

「あら。そうなの？　お母様も？」

「はい、誰も。各自好きな時に好きなものを食べる家なんで」

「一緒に食べないの？」

「はい」

母は近所のスーパーで惣菜《そうざい》を買ってきて食べ、弟は母の買ってきた冷凍のたこ焼きや冷凍のピザなどを食べ、わたしは気が向いた時に納豆やちくわや魚肉ソーセージなどを冷蔵庫から出して食べる。米を炊く以外は、我が家の人間は誰も料理をしない。

「変わってるのねえ……」

「楽でいいです」

安田さんはジップロックの容器にカレーをたっぷり注ぎ、別の容器にサフランライスを詰めた。

「ありがとうございます。今度会った時にタッパーお返しします」

「いいのよ。いつでも」

では、そろそろ、というタイミングで、「いけない」と安田さんが声を上げた。「福神漬け出すの忘れてた」

それは梅酢を使用した福神漬けで、このあたりでは先ほど立ち寄ったスーパーにしか置いていないのだそうだ。

とってもおいしいからぜひ食べてほしい、ワインにも合うから、ぜひ、と半ば強引にすすめられ、安田さんに促されるまま、わたしはソファに移動した。

カレーの後で味わう福神漬けも、やたら甘ったるいワインも、何が良いのかわからなかったが、隣りに座った安田さんがおいしそうな音を立てて飲み食いしているので、ついついこちらもつられてしまった。「強いのねえ」といいながら、安田さんはわたしのグラスに次々おかわりを注いだ。

「家じゃ全然飲まないんですけどね」

「ご両親も？」

「母親はたまにビールを飲んでます。父親は、昔は相当飲んでましたけど、今はどうだろう」

「お父様は一緒に暮らしてらっしゃらないの」

「はい。もう十年になるかな……。気がついたらいなくなってました」

「いなくなってたって、今はどこにお住まいなの？」

「さあ。今頃どこで何をしていることやら」

「行方不明なのね」

安田さんはずいぶん深刻そうな顔をした。

「警察へは届けたの？」

わたしはポリポリと福神漬けを咀嚼《そしやく》した。「いいえ」

「どうして」

「べつに……、帰ってきても嬉しくないですから」

「どうして」

「お酒飲むし、飲んだら暴れたりもしますし」

「暴れるって？」

「家のもの壊したりとか……」

「暴力ふるったり？」

「まあ、そういうこともありました」

「かわいそうに……」

「昔のことです」

安田さんのグラスがからになっていた。お酌すべきか迷ったが、安田さん自らボトルをつかんで手酌でドボドボ注いだ。両手で抱えたボトルをマイクのように口元へ持っていき、きっぱりとした口調でいった。

「あなたのお父様には申し訳ないけど、あたし、子供を傷つける人間って大嫌いなの」

正面から見つめられて、わたしはうなずくしかなかった。

「無抵抗の小さな子供を平気で殴ったり怒鳴りつけたりする親がいるでしょう。ああいうの、信じられない」

「……ハイ」

「なかにはじつの子を殺《あや》めてしまう親もいるじゃない。どうしてそんなことができるの？　あの人たち、一体何を考えているの？」

「……さあ」

「最近の親は子供を甘やかしすぎてるなんてよくいうけど、あたしはそうは思わないの。むしろその逆で、厳しすぎると思うわ。デパートで小さな子供を怒鳴ってるお母さんがいるでしょう。子供がわんわん泣いてるのにまだ怒鳴ってる。もうやめてあげてっていつも思うの。実際に声を掛けることもあるのよ。もうやめてあげてくださいって。かわいそうじゃないですかって。大抵いやな顔されるんだけど。こないだなんか、道の真んなかで子供の耳引っぱってるお母さんいたわよ。かわいそうに、男の子なんだけど真っ赤な顔して大泣きしてね。泣き声聞いてると、だんだん自分の耳が引っぱられてるような気がしてきてね、あたし右耳押さえながら家に帰ってきたのよ。あなたみたいに親から暴力ふるわれて育ったんならなおさらでしょうよ。そういう光景見ると、つらくてたまらないでしょう」

酔っぱらっているのだろうか。安田さんの真っ赤な目には涙が浮かんでいるように見えた。

「ねえつらいでしょう。つらくない？　そういう光景、見たことない？　あるでしょう？　小さな子が暴力ふるわれてるところ」

「え……」

「あるでしょう、エ、ないの？　一度も？」

「……あ、あります。暴力っていうか、だいぶ前に、バスのなかで頭パチンてはたかれてる子、見たことあります」

「そういう子見たら、助けてあげたいと思わない？」

「…………」

「抱きしめて、頭をなでてあげたいと思わない？」

「…………」

「思わないのかってきいてるの！」

ガツン、と安田さんはいきおいよくグラスを置いた。その拍子になかのワインが飛び散った。あらっ、ゴメンナサイ、と素早い動作で立ち上がり、布巾を手にして戻ってきた。わたしのスカートについたしみをトントントンとせわしない手つきで叩《たた》きながら、「やだ、取れないわ、あとでクリーニング代渡すわね」

「大丈夫です」

「大丈夫じゃないわよ。ごめんなさいね」

「本当に大丈夫です」

「主人にもよく叱られるのよ。こういう話題になるとつい熱くなっちゃうもんだから。テレビで虐待のニュースなんか観てたら、いてもたってもいられなくなるのよ。今すぐ被害にあった子のところへ飛んでいってこの手で抱きしめてあげたいって思うの。

おかしいでしょう」

「おかしいとは思いません」

「あら、主人はおかしいっていうわよ。度が過ぎるって。自分でもわかってるのよ。あたしは赤の他人なんだから、抱きしめてあげたくてもできないわよね。傷の手当てをしてあげたくてもできないし、おいしいもの食べさせてあげたくてもできない。わかってるんだけど」

　と、ここで安田さんは突然わたしのひざの上にのしかかろうとした。何事かと驚いたが、すぐに離れた。パッと上半身を起こした安田さんの手には、わたしの左隣りに座っていたルルちゃんの体が握られていた。

　ダイニングテーブルでカレーを食べている最中も、その後ソファに移動してお酒を飲み始めてからも、ルルちゃんはずっと同じ場所に腰かけて、おとなしくテレビを観ていたのだ。

「この子かわいいでしょう。主人が買ってきてくれたの」

　安田さんはルルちゃんの顔をこちらに向けた。

「……はい。かわいいです。ルルちゃん」

「何？」

「ルルちゃんです。かわいいです」

「ルルちゃんっていうの？　この子の名前？」

安田さんはまじまじとルルちゃんの小さな顔を眺めた。

「はい。知らなかったんですか」

「知らない。知らなかったのよ」

「ルルちゃんっていいます。主人が買ってきてくれたのよ」

「名前なんて呼ばないもの」

安田さんはわたしが先ほどそうしたように、ルルちゃんを自分のひざの上にのせ、金髪の頭をなでた。

「こうしてね、こんなふうにして、あたし、この子の頭をなでてあげるの。街中で頭を叩かれてる子を見かけたら。うちに帰って、叩かれてた子の顔を思い出しながら、ここで何度も何度もなでてあげるの。そうするとね、少しは気分が落ち着くの。この方法はね、主人と二人で発明したのよ。ほら、さっき、耳を引っぱられてる子がいたって話をしたでしょう。あの日は帰ってすぐにこの子の耳にアイスノン当てて冷やしてあげたの。すると、不思議。落ち着くのよね。なんでだろう、あ、そうそう、おとといのニュース見た？　かわいそうなニュースがあったでしょう。知らない？　二歳の男の子が被害者で、加害者は例のごとく母親の内縁の夫なの」

安田さんはルルちゃんを抱きしめた。

「痛かったでしょう、かわいそうに……」


八時過ぎに帰宅するはずのご主人は、十一時を回っても帰らなかった。

安田さんは、最後はワインのボトルに直接口をつけて飲んでいた。トイレでかなり吐いた後、ソファに倒れ込むとすぐに盛大ないびきをかき始めた。

ルルちゃんは安田さんの二の腕の下敷きになっていた。わたしがルルちゃんの体を引き抜いても、安田さんは目を覚まさなかった。


翌日は生まれて初めての二日酔いを経験した。始業時刻をとうに過ぎてから会社に電話をすると、あと一回遅刻したらペナルティとして減給すると脅された。抗議しているうちにおさまりがつかなくなり、電話口で本日付の退職があっさり決まった。その日のうちに別の人材派遣会社を探して登録し直した。求人情報誌をパッと開いて直感で決めた会社だったが、縁があったのか、今年で在籍十年目になる。

最近、この会社を選んで良かったとしみじみ思う。そうしなければレティという友人に出会わなかっただろうから。二十三歳という若さで異国の地に渡り、働きながら夢も叶《かな》えようというレティの行動力に刺激を受けて、わたしは実家を出ることに決めたのだ。家を出る時はルルちゃんも一緒に連れて出た。引っ越し記念に購入したスライド式本棚の、手前の上から二段目の棚、コナンの五十巻と五十一巻の間がルルちゃんの定位置だ。先ほど五十一巻から六十巻までを抜き取ったので、ルルちゃんは支えをなくして横向きにぱたっと倒れた。

「おかわりは？」

レティは首を横に振った。わたしは自分のグラスにだけジュースのおかわりを注いだ。

わたしの話は一体どの程度まで通じたのだろうか？　途中で織り交ぜたベトナム単語の発音を正すことなく、レティは最後まで黙ってルルちゃんにまつわる話を聞いてくれた。

レティはからになったグラスを持ったまま、ゆっくりとソファから立ち上がった。本棚の前に移動して、グラスを衣装ケースの上に置くと、倒れているルルちゃんに手を伸ばし、そっと小さな体を抱き起した。こちらを振り向き、上目遣いにわたしの顔を指差して、

「Robber（泥棒）」

といった。

「……ホン（違う）」

わたしの顔に向けた人差し指の先をくるくる回した。

「ド、ボ、ロ、ウ」

「ホン！（違う！）」

「ドボロー！」

わたしは昆虫のような動きをするレティの指先を両手でつかんだ。つかまれたレティは笑っている。笑いながら「Got it! It's kidnapper（わかった、誘拐だ！）」といった。

「ホン！　ホン！（違う！　違う！）」

人が慌てる姿を見て喜ぶ。この子のいつもの悪い癖だった。大きな瞳が輝きを増していく。

「ドボ……」

「ホン、ドロボー！　ホン、キッドナッパー！　イッツ、レスキュー！（泥棒でも誘拐でもない！　救出！）」

くすくすくす……ヤマネサン、タイホ。くすくす。

レティはくすくす笑いながら体の前で両手の手首を合わせた。逮捕を意味する仕草は万国共通なのだろうか。あんまり楽しそうなので、しまいにはわたしも笑ってしまった。

笑いすぎて再びのどが渇いたのか、その後、レティはジュースを二杯もおかわりした。

「ソロソロソロ、カエリマス」

「ソロは二回」

「ソロ、ソロ」

ひざに座らせていたルルちゃんをわたしに預けて、レティは漫画の詰まった紙袋を持ち上げた。今日は土曜日で、毎週土曜日の夜八時には、ドンホイで暮らす彼氏から電話が掛かってくることになっている。

「忘れ物ない？」

「ナイ」

ピンク色のビニールテープで編まれたようなサンダルが玄関に脱ぎ散らかされていた。

それを片手だけ使って器用に履くと、日本式にペコリと頭を下げた。

「ゴチソサマデシタ」

「いいえ。なんのおかまいもしませんで」

手に提げた紙袋をトントン、と指差して「ライシュウ、カエシマス」

前にもそういっていた気がするが。

「いいよ、いつでも」

「アリガトゴザマス」

「はい、ありがとう。カムオン」

「マタアサテ」

「はい、また明後日。おやすみレティ」

「オヤスミナサイ、ヤマネサン」そしてわたしの腕のなかのルルちゃんに「Good night baby」と鼻を寄せた。

グッナイ、レティ、とルルちゃんがいった。

ひょうたんの精

なるみ先輩は誰よりも高くジャンプした。

（わたしがこの事実を告げた時、なるみ先輩の全盛期を知らない後輩マネージャーは驚きの表情を浮かべた。高田先輩よりもですか？　亜由美先輩よりも、ゆり先輩よりも？）

そう、誰よりも。

ベースとスポッターを同じメンバーで揃えても、トップが変われば得点も大きく変わってくるのが我がミラクルホッパーズの特徴だった。なるみ先輩のそれは才能としかいいあらわしようがなかった。ホッパーズのトップ中のトップであるなるみ先輩を見ていると、生まれつき身体能力の低いわたしは、早々にチアリーダーになる夢をあきらめておいて正解だった、と思ったものだ。

なるみ先輩は昔すごいデブだった。

（今もすごいデブじゃないですか、と後輩マネージャーはいった）

だから、それはなるみ先輩の全盛期を知らないからだ。わたしが出会った当初のなるみ先輩は、チームいち美人でスレンダーな体形の持ち主だった。そんな美人でスレンダーななるみ先輩の中学時代の写真が、本人の知らないところで出回った。その姿はわたしの想像をはるかに超えていた。体育祭の時の写真だ。特注サイズの体操着に身を包み、大玉ころがしをするなるみ先輩。どっちが大玉だよ、と先輩達の笑い声はクラブハウスの外にまで響きわたった。のちに二人で駅ビルにパフェを食べにいった時、なるみ先輩は話の流れで中学時代のことも語ってくれた。大玉ころがしに限らず、体育祭は大嫌いだったという。騎馬戦でも組体操でも、ものごころついた時から、いつでも誰かの土台を務めてきたなるみ先輩。当時の夢は、やせてきれいになって、チアリーダーになることだった。いつか、みんなの頂上に立ち、両手のこぶしを思いきり突き上げてみたい……。夢は叶《かな》った。

思い出すのは一年前の地区予選大会だ。わたしがマネージャーになってまだまもない頃。全国への切符がかかっているとあって、会場全体にピリピリしたムードがたちこめていた。そんななか、なるみ先輩の顔色がすぐれないことに気がついていたのは、わたしだけではなかったはずだ。会場へ向かうバスのなかでも、ひとり青白い顔をしてため息ばかりついていた。その前から、練習に遅れてきたり、途中で抜け出したりということがたびたびあった。陰では体調を不安視する声が上がっていたけれど、本人には誰も何もいわなかった。なるみ先輩ならきっとやってくれるはず、そう信じて疑わなかった。結果、わたし達の信じたとおりになった。さすがなるみ先輩。今までもそうだったように、どんなに体調が悪かろうが、いざ競技が始まればそんな様子は微塵《みじん》も感じさせない。この時も完璧なレイアウトダブルツイストを決めて観客と審査員を魅了した。

なるみ先輩には仲良しのふりをした敵も多かったが、この時ばかりは競技終了後に全員が本日の主役であるなるみ先輩を取り囲み、その演技を褒め称《たた》えた。まっすぐに伸びた脚、切れの良いダンス、力強いひねりとしなやかな関節、輝く白い歯、なるみスマイル。そしてジャンプ、誰よりも高いジャンプ。すばらしかった。

「まるで天井に吸い込まれそうでした」

その時、なるみ先輩の顔色がサッと変わった。青白かった顔がますます白くなり、目の動きに落ち着きがなくなった。それは、自分を囲む大勢の人間のなかから、今の発言をした人物を探す目だった。

あなた、となるみ先輩がいった。ひとだかりが一斉にこちらを向いた。

「わかるのね?」

わたしにはなんのことだかわからなかった。あの時の、あの発言のどこに、なるみ先輩の心が引っかかったのか。わたしはただ率直に、演技の感想を口にしただけだった。後日、なるみ先輩に誘われて、駅ビルにパフェを食べにいった時、正直にそう伝えた。

「なんだ、そうなの」なるみ先輩は残念そうにつぶやいた。

どうやらわたしはなるみ先輩をがっかりさせたらしい。

「わかるのかと思った。ごめんなさいね、呼び出したりして。さあ、なんでも好きなものを注文して」

「わかるって、何がですか」

わたしは前のめりに訊《たず》ねた。

「なんでもないの。何にする？　ごろっと果肉のメロンパフェだって。おいしそう」

「教えてください。よくわからないけどわかるかもしれません」

なるみ先輩は店員を呼んでメロンパフェをひとつと梅こぶ茶を一杯注文した。食欲ないの。パタンとメニューを閉じて、水をひと口だけ飲んだ。

「大丈夫ですか、最近、あまり顔色良くないみたいですし。どこかお体の具合でも……」

なるみ先輩はチラリと上目遣いにこちらを見た。

「す、すみません、マネージャーのぶんざいで」

「いいのよ」頰杖《ほおづえ》をついて、小さくフッと息をもらした。「……ねえ、マネージャー」

「はい」

「ジャンプを成功させるのに必要なものってなんだと思う」

「はい。えっと、それはチームワークです」

「そうね」なるみ先輩はうなずいた。

チアリーディングにおいて最も大切なこと。それは筋力でも持久力でもない。一人一人の能力がどれだけ高くてもチームワークがなっていないと意味がない。ベース、スポッター、トップ。この三つのポジションの間に生まれる絶大な信頼関係が、良い演技、良いジャンプにつながるのだ。

「ほかには？」

「はい。えっと、笑顔と勇気と協調性……、柔軟性、それから……」

なるみ先輩は、うんうんとうなずいた。「そうね。すべてが揃ってこそ最高のジャンプを跳べる」

「はい。なるみ先輩のジャンプがまさにそうです」

なるみ先輩はわたしの顔を見て苦笑した。

「ちがうのよ」

「何がですか」

「わたしね、自分の力で跳んでるんじゃないの」

「はい。わかります。ベースやスポッターとの息が合ってこそのジャンプですから」

また的外れなことをいったらしい。なるみ先輩はさっきと同じ種類の笑みをもらした。

うつむいているところにパフェが運ばれてきた。なるみ先輩は梅こぶ茶。

「さあ、食べて」

「はい。でも」

「遠慮しないで、どうぞ」

「はい。じゃあ、あの、これ半分こしませんか」

なるみ先輩がクスッと笑った。

「やさしいね」

はい。いいえ。はい。わたしは赤くなった。

なるみ先輩は梅こぶ茶をひと口すると、両手の指先を軽く重ね合わせ、ゆっくりさすった。桜の花びらのような、薄いピンクの爪だった。

「……そうね、何から話したらいいのかな……」

それは、なるみ先輩が中学三年生の時に、理科室のいすを潰した話から始まった。


なるみ先輩は中学の三年間で理科室のいすを五脚潰したそうだ。もちろんわざとではない。四本の細いパイプの脚も、丸くてクッション性のない座面も、当時のなるみ先輩の体重を支えるようにはできていなかった。

五脚目のいすを潰してしまったのは金曜日の三時間目だったとなるみ先輩は記憶している。生徒達は細胞分裂についてのDVDを観ていた。バキッという音と、「んぎゃっ」という悲鳴、床に響くどすん、という鈍い音。音のしたほうを見なくても、クラスメイトは何が起こったか理解した。不幸は重なるもので、その時、慌てて体を起こそうとしたなるみ先輩は、いきおいあまって机の裏の金具で頭のてっぺんを強打する。先輩のつむじから血が噴き出した。

同じクラスには好きな男子がいた。その彼と目が合った。なるみ先輩は血の噴き出すつむじを手のひらで必死に押さえながら理科室から飛び出すと、裏庭のフェンスの穴をくぐって学校の外に出た。季節は夏。照りつける太陽の下、大量の汗をかきながら、行き場を求めてさまよった。

コンビニ、公園、マンションの駐車場……。平日の昼間に、制服姿の太った女子中学生を受け入れてくれる場所はどこにもなかった。足を一歩踏み入れた瞬間に、なるみ先輩は自分の体が拒否されていることを悟り、すぐに次の場所へと移動した。移動を繰り返しながら一時間近く歩き、ようやく辿《たど》り着いた場所は、中学校のすぐ裏手にある小さな神社だった。

しんと静まり返った境内に人の気配はなかった。通りを歩いていた時は耳にやかましかったセミの鳴き声も、鳥居をくぐった瞬間、不思議と聞こえなくなった。

手水場《ちょうずば》の隣りに大きなクスノキが生えていた。その横に、座り心地の良さそうな岩を見つけた。なるみ先輩は、岩の上に腰を下ろした。手にぶら下げていた巾着袋をひざの上にのせ、なかからA４サイズの弁当箱を取り出した。理科室を飛び出した時に、自分のクラスに立ち寄って、お弁当だけ持って出てきたなるみ先輩だった。木々の葉の間からもれる正午の日差しが、朝、お母さんが詰めてくれたピンクのかまぼこや、好物のからあげの上に降り注いでいた。歩き疲れて腹ペコになっていたなるみ先輩は、一心不乱に目の前のおかずをかき込んだ。

その人は、突然背後から声をかけてきた。最後にとっておいたミニトマトをつまんで口にほうった時だった。

「おいしいですか」

振り向くと、竹箒《たけぼうき》を持った坊主頭の女の人が立っていた。

（坊主頭の女の人？　と、ここまでおとなしくわたしの話を聞いていた後輩マネージャーがいった）

そう、どこからどう見てもその人は坊主頭で、長いスカートをはき、Tシャツの襟元からは胸の谷間がのぞいていた。

「住職さんですか。ごめんなさい、勝手に入っちゃって」

なるみ先輩は立ち上がって頭を下げた。その拍子に、ひざの上にのせていた弁当箱やプラスチックのはしがガチャガチャと音を立てて地面に落ちた。

慌てて散らばったものを拾い集めているなるみ先輩の横に、住職もしゃがみこんだ。はしを二本揃えてなるみ先輩に手渡すと、ニッコリ笑った。

平日の真っ昼間に、中学生が、こんなところで。

何か訊《き》かれるかと思ったが、住職は何も訊ねてこなかった。傍らに転がっていた竹箒を拾い上げると、なるみ先輩に背を向けて、境内の掃き掃除を始めた。

（おかしいですね、と後輩マネージャーがいった。何がおかしいのかといえば、場所が神社なのに住職なのがおかしい、という。神社なら、神主さんか宮司さんの間違いじゃないか、と。なんだそんなこと。なるみ先輩が住職といったんだから住職なのだ)

住職が手にしている箒の柄には、ひょうたんのキーホルダーがくりつけてあった。キーホルダーには小さな鈴がついていた。住職が手を動かすたびに、チリン、チリンと音をたてて揺れるそれをぼんやり眺めていると、小さな頃におじいちゃんの家でひょうたんの中身を取り出してからっぽにする作業を手伝ったことを思い出した。そしてなるみ先輩はこんなことを思った。

わたし、ひょうたんみたいだなあ……。

住職が、箒を動かす手をとめて振り返った。どうかしましたか？

自分でも気がつかないうちに、なるみ先輩の目からは涙がこぼれていた。

「いや、あの、わたしひょうたんみたいだなあって思って」なるみ先輩は箒の柄を指差した。「デブで丸くて、茶色くて、中身はからっぽ……」自分でいいながら、次々と涙があふれた。

住職はひょうたんのキーホルダーと、なるみ先輩の顔を交互に見比べた。そしておもむろに箒の柄にくりつけてあったキーホルダーを取り外すと、なるみ先輩の顔の前に差し出した。

のぞいてみてください。

ひょうたんのてっぺんには、小さな穴があいていた。なるみ先輩はいわれるがまま、キーホルダーを手に取り、その穴をのぞきこんだ。

「あ」

見えますか。

「はい」

からっぽですか。

「いいえ」

ひょうたんの内部には細工がしてあった。穴をのぞきこんだなるみ先輩の目に飛び込んできたのは、宝船にのった七福神だった。青空を背景に、七体の神様がカラフルな衣装を身にまとって笑っている。

からっぽじゃないでしょう、と住職がいった。

からっぽじゃないです、となるみ先輩がこたえた。

あなたも。そういって、住職はなるみ先輩の頭頂部に両手を添えた。

いますよ、神様。

「ほんとうですか？」なるみ先輩は大きな声で訊ね返した。「わたしのなかに？」

います。

つむじに住職の息づかいを感じた。

住職はそっと体を離すと、今度はなるみ先輩のお腹に片手を当てた。

ちょうど、このあたりに。

「……見えるんですか？」

見えます。この穴から。

「穴？」

ここです。住職はなるみ先輩のつむじをつついた。

「痛ッ」

住職の指先に血がついた。たしかに、自分の体をひょうたんにたとえるのなら、つむじの傷口は「穴」だった。なるみ先輩は、もう一度手のひらのひょうたんに顔を寄せた。のぞいてみると、そこにいるのはさっきと変わらぬ衣装と笑顔で、宝船に揺られている七体の神様だ。

この人達が、わたしのなかに……？

住職のふれたお腹のあたりが、じんわりと温かかった。

手のひらにのせたひょうたんが、風も吹いていないのにチリンと鳴った。

（ちょっと待ってください、とここで後輩マネージャーが手を挙げた。もしかして、その住職って丸刈りピンクおばさんじゃないですか、といった）

なるみ先輩は、ぽかぽかと熱をもったお腹をやさしくなでた。

（さっきからずっと気になってたんですけど、たぶん丸刈りピンクおばさんです。知りません？　○×中学校の裏手の神社に棲《す》みついている女のホームレス。頭は丸刈りで、いつもピンク色のTシャツを着てるから、小学生達の間でそんな名前で呼ばれてるんです。うちの弟がいってたけど、なんでもセミを主食にしてるってうわさ）

なるみ先輩はお腹をなでた。このなかに神様がいる、そう思うと、さっきまでと同じはずの自分の体が、急に愛おしく感じられた。

ひょうたんのなかの神様達は、一見、みんな同じような笑顔だが、じつはそれぞれに個性的な表情をしていた。たとえば大黒さまの笑顔は楽観的で、恵比寿さまのはふんわりと包み込むような微笑、毘沙門さまは笑った目の奥に力強さも備わっている。機嫌良くしているのかと思えば、次の瞬間には困っているように見えたり、そうかと思えば怒っていたり、退屈そうにしていたりと、観察すればするほど、神様達の細かな感情まで見えてくる。

なるみ先輩は飽きることなくひょうたんをのぞき続けた。そんななるみ先輩のことを、住職は何もいわずにやさしく見守っていた。その顔は、七体のうち前列の向かって一番右にいる神様、布袋さまのようだった。布袋さまの頭やTシャツに、クスノキの葉の影が複雑な模様をつけていた。頭のすぐ上のほうで、シャアシャアシャアシャアと、セミの鳴く声が聞こえた。

なるみ先輩は、ありがとうございます、と頭を下げた。何か心が軽くなったような気がしたので、そのお礼だった。あらためてひょうたんのなかをのぞきこんだ。やはり似ている。住職は、ひげのない布袋さまだ。

なるみ先輩のまっすぐなまなざしを受け、住職はにっこりと微笑んだ。そしてゆっくりと空を見上げ、お腹、すきましたねえ、とつぶやいた。

あいにく、弁当箱はからだった。

「すみません、わたしだけお昼食べちゃって」

かまいませんよ、住職はいい、竹箒を肩にかつぐと背後にたつクスノキの木を見上げた。そしておもむろに箒の柄を握っている手を振り上げ、穂先で木の幹をばしんと叩《たた》いた。

セミが一匹、落ちてきた。

即死だったのか、地面に落ちたセミはぴくりとも動かなかった。住職はポケットのなかからわりばし一本とライターを取り出した。セミの体にわりばしを突き刺し、それをライターの火で軽くあぶってから、バリバリと威勢の良い音をたてて食べた。

（やっぱり！　丸刈りピンクおばさんだ、と後輩マネージャーが騒いだ）

帰り際、なるみ先輩は住職にお賽銭《さいせん》を渡した。財布は教室の鞄《かばん》に入れっぱなしだったが、あるだけでいいからという住職の言葉に従って、スカートのポケットのなかに入っていた百円玉二枚と十円玉一枚を手渡した。（カツアゲされたんですか、と後輩マネージャーがいった）

それ以来、なるみ先輩が住職と会うことはなかった。

しかしその翌日から、なるみ先輩の体には異変が生じ始める。すぐには気づかなかったが、周りが気づかせてくれた。

やせた？　やせたんじゃない？　と頻繁に声をかけられるようになったのだ。やせたよね。きれいになった！

そお？　なんにもしてないよ。やせたといわれるたびに、なるみ先輩は同じセリフを口にした。

周りの反応は日に日に変化した。当初やせたやせたと騒いでいた女子達は、次第にやせたといわなくなった。「ぽっちゃりのほうがかわいかった」とか「やせたなるみはなるみじゃない」などと不満げな顔をするようになった。なるみ先輩のことをデブ、豚、横綱と、散々なあだ名をつけて呼んでいた男子達は、一切ちょっかいを出してこなくなり、なるみ先輩から声をかけられると、途端にそわそわと落ち着きをなくし、意味のない笑みを浮かべるようになった。

秋になる頃には家族も気がついた。なるみ先輩のお母さんは娘の体を心配し、もっと食べなさいと叱った。「食べてるよ！」なるみ先輩とその家族はたびたび食事量のことでけんかになった。吐いているとか、拒食症だとか、覚せい剤に手を出しているとか、さまざまなうわさが立った。だが、真相はそのどれでもなかった。

駅ビルの喫茶店。からっぽになった梅こぶ茶の湯呑みに注いでいた視線を上げて、なるみ先輩は、本当のことを教えてくれた。

「お腹のなかの七福神に、栄養を吸い取られてたの」

わたしは口に運ぼうとしていたメロンの果肉をスプーンごと落としそうになった。住職との邂逅《かいこう》があったあの日以来、お腹に神様の存在を感じるようになったなるみ先輩だが、どうやらその感覚は本物だったようだ。本来なら胃や腸で消化吸収されるはずの食物は、お腹に宿った七福神にみんな吸い取られてしまうという。

だから食べてもやせていく。摂食障害だとか、いけない薬に手を出しているだとか、そういううわさを本人が一切否定しないのは、お腹に七福神を飼っているという事実よりも、うわさの内容のほうが、周りの人にいくぶん健康的な印象を与えるからだ。

この話を聞いて、わたしはなるみ先輩が梅こぶ茶一杯しか飲んでいないことが心配になってきた。ウエイトレスにメニューを持ってきてもらい、なるみ先輩の前にひろげて見せた。

「もっと、何かたのみましょうか。ほら、サンドイッチとか、カレーとか……。あ、プラス五十円で大盛りにできますよ」

食欲ないの。なるみ先輩はメニューに目もくれなかった。

「そんなことといってちゃだめですよ。お腹のなかの人のも合わせたら、合計八人分は召し上がらなくちゃ」

なるみ先輩はチラと左右のテーブルに視線をやってから、声をひそめた。

それがね、今は、もういないの。いなくなっちゃったの。

じつは、この話を聞いた時には、すでに、なるみ先輩のお腹のなかの七福神はみんな外に出てしまったあとだった。原因は、飼っているパグ犬に飲ませるはずの虫下しを誤って飲みこんでしまったこと。先輩のお母さんもわざとではないのだろうが、ダイニングテーブルの上にむきだしの状態で錠剤を置いておいたのがまずかった。その日たまたま熱が出て意識が朦朧《もうろう》としていたなるみ先輩は、すぐ隣りに置いてあった解熱剤の箱の中身が出ているのだと勘違いして、疑いもせずにそれを飲んだ。

七福神の姿をまのあたりにした瞬間の、なるみ先輩のショックは計り知れない。宝船は粉々にくだけ、七体の神様はばらばらに散らばった。出た場所がトイレだったため、なるみ先輩は驚きのあまりパニックになって水を流した。後悔した時には遅かった。神様を下水に流してしまったのだから、罰が当たるに決まっている。

なるみ先輩は、その日の晩から悪夢を見るようになった。

巨大なひょうたんに吸い込まれて、一生出られなくなる夢だ。ひょうたんのなかには七福神がいて、吸い込まれたなるみ先輩は弁天さまの髪をシャンプーしたり、寿老人の頭を磨いたり、恵比寿さまの釣ってきた鯛《たい》をさばいたり、時には性的なサービスまで強要されて、奴隷以下の扱いを受けながら、一生をそこで暮らす。そのうち、悪夢は寝ている時だけでなく、起きていても見るようになった。まばたきをした一瞬のうちに、ぽっかりと口をあけた巨大なひょうたんが頭上にあらわれ、なかから七福神が手招きをしている。屋内外に関係なく、ひょうたんはどこにでもあらわれた。ベッドのなか、バス停、教室、代々木《よよぎ》体育館の天井……。

「マネージャーの見てたとおりよ」なるみ先輩はいった。「わたし、吸い込まれそうなのよ」

わかるのね、という言葉の意味がようやくわかった。自分の力で跳んでるんじゃない、という意味も。跳んでいるんじゃない、吸い込まれているんだ。

「さわってみて」

なるみ先輩はわたしの手を取った。みちびかれるままに、なるみ先輩の頭頂部にふれた。

「わかる?」

「……たんこぶ、ですか」

なるみ先輩は悲しげに首を振った。

「あ、もしかして」

吸われているのだ、少し。

「マネージャー、わたし、どうなってしまうんだろう」

正面から見たなるみ先輩の頭はゆるやかな三角形だった。

その日、駅ビルでなるみ先輩と別れたわたしは、家に帰ってすぐにパソコンをひらいた。これ以上、なるみ先輩の頭の先が変形してしまう前に、そして完全に体ごと吸い込まれてしまう前に、何かできることはないだろうか。まずは「ひょうたん　吸い込まれない方法」で検索してみた。すると、意外にも、吸い込まれてしまう例が多くヒットした。名前を呼ばれて返事をしたら吸い込まれる、というのは有名な話のようだ。なるみ先輩に電話して、ひょうたんのなかの七福神の誰かに名前を呼ばれたことはないかと訊ねたが、「いっかいも、ない」という。万が一、名前を呼ばれた時には完全に吸い込まれてしまう可能性が高いので、その時は無視するようにと忠告して電話を切った。次に「七福神　弱点」で検索をかけたが、これは該当する項目が見当たらなかった。最後に「ひょうたん　弱点」で検索をかけた。するとウリキンウワバという蛾の幼虫に弱いことがわかった。葉や果実を食害する、ウリ科やアブラナ科の敵である。

ウリキンウワバ、ウリキンウワバ、ウリキンウワバ……。まるで呪文のようだ。おまじない代わりに唱えることで、なんらかの効果が期待できないだろうか。

ネットに頼るしかないというふがいなさだが、なるみ先輩は喜んでくれた。早速ためしてみる、といった。

なんと、効きめあり。ベースに投げ上げられた瞬間に天井に向かって「ウリキンウワバ」と声を張り上げたら、口をひらきかけていたひょうたんの動きがとまったの、となるみ先輩は興奮しながらわたしに報告してきた。同時に、ひょうたんの奥に待機している七福神の顔から表情がなくなって、巻き上がる強風がピタリとおさまった、とそれは嬉《うれ》しそうだった。

なるみ先輩は叫び続けた。今日は少ししぼんだように見えた。今日はひょうたんの表面に黒いポツポツがあらわれた。今日はポツポツがシミになってひろがった。今日は昨日より黒かった。効いてる、効いてる。こりゃ腐るのも時間の問題だ……。

わたしはなるみ先輩から報告を受けるだけで、ひょうたんの変わりゆく姿を実際にこの目で確認したわけではない。

だけどなるみ先輩のジャンプの高さが伸びなくなってきたことと、そして頭の形にこれといって変化が見られないことが、おまじないの効果を証明しているといえた。

なるみ先輩の顔色は良くなり、少しずつ本来の食欲を取り戻していった。なにしろ悪夢にうなされていた期間はまったく食欲がわかなかったというし、その前の、お腹に七福神がいた期間は、取り込んだ栄養はすべて彼らのものになっていたのだ。

「もっとたくさん食べてください」

放課後。また駅ビルの喫茶店。わたしが注文したのはミックスサンドイッチとオレンジジュース。なるみ先輩はプリン・ア・ラ・モード。お腹がいっぱいになってきたので、先に器をからにしていたなるみ先輩にサンドイッチをすすめた。

なるみ先輩はサンドイッチをひと切れだけ手に取った。

「もっと」

少し迷ってもうひと切れ手に取った。

「もっとです」

もうひと切れ取った。

「おいしいですか？」

なるみ先輩はうなずいた。

今日はわたしのおごりだった。

この日、全国大会のレギュラーメンバーが発表された。なるみ先輩は外された。コーチは無情にも部員達の前で、その理由を発表した。急にジャンプの高さが伸びなくなったこと。競技の最中に何度も天井に向かって意味不明の言葉を叫ぶこと。そして明らかな体重オーバー。

右手にタマゴサンド、左手にはハムサンド、口にツナサンドをくわえ、なるみ先輩は笑いながら泣いていた。

その後のなるみ先輩の動向は、後輩マネージャーも知ってのとおり。いつも練習の邪魔をしにくる「クビになった元チアリーダー」もしくは「すごいデブのあの女」。だけどひとつだけ誤解がある。トスアップの時に「あの女」が叫ぶ言葉。あれは野次でも暴言でもないということ。あれは蛾の幼虫の名前だということ。

わたしは体育館の二階の通路を見上げた。そこには、今日も選手達の練習風景を眺めているなるみ先輩がいる。

来週から始まる地区予選のトーナメント表にしるしをつけている後輩マネージャーに別れを告げて、わたしは二階へ続く階段をのぼっていった。

退部になってもなるみ先輩はチアリーディングを愛している。チアリーダーだったかつての自分を。仲間達を。仲間達と築き上げた舞台を引き継いでいく後輩達を。なにより、信頼と勇気で成り立つ競技そのものを。

もうじき大事な大会がひらかれる。かつて、なるみ先輩が、大勢の観客の前で宙を舞った思い出の大会だ。フロアには、本番さながらの練習に汗を流す選手達。ワン、ツー、スリー、フォー、ファイブ、シックス、セブンの、その瞬間、なるみ先輩は思いきり叫び声を上げた。

わたしはなるみ先輩の肩を抱いて体育館をあとにする。先輩は途中で何度も振り返り、天井に向かって同じ言葉を繰り返す。これからも輝き続ける彼女達が、どうか吸い込まれてしまわないように。

せとのママの誕生日

もうすぐママの誕生日だから、パーティーをしようという話がどこからか持ち上がった。わたしたちはママの知らない秘密の連絡網を使って連絡を取り合い、当日のプログラムについて相談した。パーティーの企画はママには内緒にしておいて、その日は突然予告なしに訪問してびっくりさせようとみんなで話し合って決めた。みんなというのは、アリサ、カズエ、わたし、の三人だ。本当はまだもっといるのだが、仕事があるとか、子供が小さくて夜の外出は無理とか、どちらさまですか、とか、さまざまな理由で断られた。

とっくにクビになったけど、わたしたちは昔、「スナックせと」でママのお手伝いをしていた。

わたしが働いていた当時、ママはすでにおばあちゃんだった。化粧や衣装で全身をごてごてに飾りたててはいたが、首と手はシミとしわだらけ、総入れ歯だったし、かつらを取ると頭頂部がはげていた。

クビになった理由は、今となっては覚えていない。無断欠勤が続いたか、女の子同士で派手なけんかをしたか、もしくはママとのけんかだったか、不景気で売り上げが落ちたためにリストラされたのだったかもしれない。無断欠勤も、けんかも、不景気も、当時はそれが当たり前だった。

順番でいくと、三人のなかではアリサが最初にクビになっている。次がカズエで、最後がわたしだ。アリサとカズエのあいだにも、カズエとわたしのあいだにも、そしてわたしのあとにも、数多くの女の子たちがクビになった。みんないなくなったあとは、ママひとりで店を切り盛りしていたらしいのだが、何年か前にメグミという名前の女の子が入店したと風のうわさできいた。そのメグミもクビになり、ママはまたひとりになった。

クビになったことは恨んでいない。一時でも雇い入れてくれたママには感謝している。わたしだけじゃなく、アリサもカズエも同じ気持ちだ。だから集まったのだ。ママの誕生日を祝うために。

一月十日、午後八時、赤いバラの花束とケーキを持って久しぶりに訪れたスナックせとは、ねずみの巣と化していた。店の扉は鍵が壊れ、ドアの取っ手が半分はずれてぶらさがっていた。店内は真っ暗闇で、割れた窓ガラスのすきまから冷たい風が吹きつけていた。

カズエの持参してきた懐中電灯の明かりを頼りに、わたしたちは店の奥まで進んでいった。途中、クモの巣が顔にからまったカズエが素っ頓狂な声をあげたかと思うと、後ろではアリサが足下を横切るねずみに驚いて悲鳴をあげた。わたしたちは押し合いへし合いしながら、なんとか店の奥のこたつの部屋までたどり着いた。こたつの部屋は、わたしたちの更衣室であり、ママの住居でもある。ママは毎日ここで寝起きしていた。

紗の入ったガラス戸をそっと開けて、すきまからなかをのぞいた。ママは眠っていた。仰向《あおむ》けで、こたつに足を突っこんで、ばかみたいに口をぽかんと開けている。懐中電灯でママの顔を照らしたカズエがごくりと唾を飲みこみ、ひと言、

「……死んでる」

といった。

わたしはカズエの手から懐中電灯を奪い取り、ママの閉じられたまぶたをこじ開けた。瞬間、瞳孔がシュッとちぢんだ。

「まだ生きてる」

とわたしはいった。

顔の上にティッシュを一枚のせると、わずかに持ち上がった。どうやら息もしているようだ。

「生きてるの？」

「生きてる」

「よかった」

ママは眠っているだけだった。

わたしたちはママが起きるのを待つことにした。ママが目を覚ますのと同時に、わたしがクラッカーを鳴らして、カズエが音楽をかけて、アリサがシャンパンの栓を抜くという段取りでいく。

わたしたち三人は靴を脱いで冷えたこたつのなかに両足を突っこんだ。各自背負ってきたリュックのなかからお菓子やお酒やパーティーグッズを取りだして、こたつの上に並べた。アリサが店のグラスを取って戻ってくるあいだに、カズエは持参してきたカセットデッキにテープをセットした。再生のボタンが押され、デッキからピアノの音が流れてきた。もの悲しげな旋律に低音の歌声が合わさったタイミングで、わたしたちは静かに乾杯をした。

あのころはみんな若かったね、と、どんなエピソードが持ち上がっても、最後はそのひと言に落ち着いた。ママの手伝いをしていた当時、わたしたちはみんな十代だった。最後のお客さんが帰ったあとに、朝五時から開いている銭湯にいき、つやつやの肌をタオルで覆い隠すことなく、タイルの上を闊歩《かっぽ》した。体も洗わずに、ドボンとお湯のなかに飛びこむと、貸し切り状態の湯船のなかで歌をうたったりバタフライをしたりと、それはそれは元気だった。

「あんたたちはそうだったかもしれないけど」と、アリサがいった。「わたしは違った」

「あれ？　みんな泳がなかったっけ？」

とカズエがきいた。

「泳いでない。歌もうたってないし。それに裸を晒《さら》したりなんてしなかった。ちゃんとタオルで隠してた」

「そうだったっけ？」

「うん」と、アリサはうつむくと、そっと自分のお腹に手を置いた。「わたしでべそだったから」

そうだった。

アリサはでべそだった。アリサのへそは生のマッシュルームそっくりで、ポコンと体の前にとびだしていた。体を洗っている時も、湯船に浸かっている時も、決して腰に巻いたタオルをはずそうとしないのは、有名な話だった。なんでずっとタオル巻いてんの？　と誰かがたずねたとき、笑わないでね、と前置きしたあと、アリサは腰に巻いたタオルを取った。

「ひどーい。笑わないっていったのに！」

アリサはみんなの反応を見て、すぐにタオルを巻き直した。

笑ってない、笑ってない、でもすごいね、立派なでべそ、もう一回見して。

「いや。もう見せない」

そんなこといわないで。もう一回だけ、お願い、ちょっと待って写真撮るから、うそうそ、冗談、怒んないでよ。やだ泣かないで。

アリサは目に涙を浮かべて、自分のへそを笑う人間をにらみつけた。

「ゆるさない。ママにいいつけてやるから」

アリサは本当にママにいいつけた。アリサの報告をきいたママは、銭湯にいったメンバーを呼びつけて、怖い顔で叱り飛ばした。「あの子のでべそを笑うんじゃない」

すいませんでした、アリサちゃんごめんなさい。

「あれはあの子の大事な商売道具なんだよ」

店のフロアで土下座させられながら、商売道具？　どういうことだろうと事情を知らない子たちは首をかしげた。

アリサの商売道具については知っている子と知らない子がいた。わたしはうわさでその話をきいた。

アリサは、一回五百円でお客さんにでべそを見せていたのだ。合言葉は「平等院鳳凰堂」。お客さんと二人、トイレに立つふりをして、他の人間からは死角になる柱のかげで見せていたから、気づかない子がいてもおかしくなかった。アリサのでべそを拝むと出世するといううわさが、お客さん同士のあいだでまことしやかに流れていた。そんな根も葉もないうわさを流したのは、もちろんママだ。

ママは、入店当初、服装が地味だったアリサにもっと派手に、もっと露出を多くしろといっていた。谷間を見せろ、肩を出せ、へそを出せ、脚を見せろ。いわれた通りにキャミソールやミニスカートを着用したアリサだが、へそが見える衣装だけはかたくなに着ようとしなかった。なぜへそを出さない、とママに問い詰められて、アリサは泣きながら腹巻をめくり上げた。

ママはアリサのでべそを見ても笑わなかった。それがアリサにはおどろきだった。

子供のころからずっと笑われ続け、ばかにされ続けてきて、それが自分の体に対する当たり前の反応だと思っていたから。

ママはマッシュルームそっくりの、生白いへそを指でつつくと、少し考えるようなそぶりを見せて、「これ、一回いくらなら人に見せれる？」ときいた。アリサが「お金もらっても見せたくない」と正直にこたえると、ママはギュッとマッシュルームをつねった。

「痛い」「五百円だ」「ママ痛い、痛い」「いいね、一回五百円」「痛い……」「わかったか」「わかりましたから放して」

この日を境に、「一重まぶたの地味な女の子」が、「すごいでべそを持つ女の子」として生まれ変わった。

表向きには五百円ということになっていたけど、お客さんのなかにはこっそりおこづかいを渡す人もいた。本当に出世が叶《かな》った、きみのおかげだ、といって、アリサに高級腕時計やバッグをプレゼントしたお客さんもいた。うわさがうわさを呼び、でべそ目当ての客足はどんどん伸びた。本人はばれていないと思っていたかもしれないが、アリサだけミニボーナスをもらっていることを他の女の子たちも知るようになっていった。

ママのナイスアイデアによって日の目を見たでべそだが、良いことばかりではなかった。わたしたち普通のへそを持つ凡人には知られざる苦労があったらしい。神社の敷石をこっそり持ち帰ったり、仏像にらくがきをしたりする罰当たりな人間がいるように、アリサのへそをつかんで持って帰ろうとしたり、らくがきしようとするお客さんがちらほらとあらわれた。

「らくがき一回千円だよ」

マジック片手にアリサに襲いかかろうとするお客さんに向かって、カウンターのなかからママが叫んだ。ママにそういわれれば、素直に千円払うのが、せとのお客さんたちだ。時には千円といわれて一万円払うお客さんもいた。お客さんというか酔っ払いというか。

「並んで！　並んで！」

もう合言葉は必要なかった。アリサの周りにできたひとだかりをママが整理した。五百円玉や千円札を握りしめたお客さんたちは、自分の番がくるとママの手にお金を渡すか、直接アリサの顔に投げつけるかした。アリサの持ち物が豪華になればなるほど、ママの懐にお金が入れば入るほど、アリサの顔には赤いあざが増え、でべそは傷だらけになった。

とある夜の、アリサの自宅。いつまでたってもお風呂から上がってこない娘を心配したアリサのお父さんが、ドアの向こう側から声をかけた。アリサは泣きながらドアを開け、血だらけのでべそをお父さんに見せた。

アリサのお父さんは自分を責めた。アリサのお母さんが自宅の台所でアリサを産み落とした時、手近にあったキッチンばさみでへその緒をちょん切ったのはお父さんだったからだ。

「手術しよう」とお父さんはいった。アリサの家は貧乏だったが、当時はお父さんが競艇で一発当てたところだった。アリサはでべその手術をした。手術は二時間におよんだ。麻酔から目覚めると、アリサは普通の、わたしたちみたいな、おもしろくもなんともないへそになっていた。何の手ごたえもないお腹をなでたとき、アリサの目からは涙がこぼれた。何の涙か、自分でもわからなかった。

ママは怒った。大事な商売道具を店の許可なしに無断で処分したのだから、当然といえば当然だ。手術で切り取ったでべそをもういっぺんつけなおせといった。

そういわれても、アリサには、切り取ったでべそが今どこにあるのかもわからなかった。

「病院にあるだろ、手術した病院に」

ママがいうので、アリサはその場で病院に電話してきいてみた。

「……捨てたっていってる」

アリサは泣きそうな顔でママに報告した。

探してこい、とママは怒鳴った。見つけるまで戻ってくるな。

アリサは店を出ていき、そのまま戻ってこなかった。

アリサがせとに足を踏み入れるのは、あの日以来ということになる。近くまできて、角の電信柱のかげから店の扉をこっそり眺めていたことならあるが、へそが見つかるまで戻ってくるなといわれたからには、それ以上近づくことはできなかった。今夜、パーティーの企画がなければ、わたしたちは一生顔を合わせることもなかっただろう。

「で、見つかったの?」

カズエがきいた。わたしの持ってきたクッキーをぼりぼり食べている。

「見つかった」

「どこにあったの」

「家にあった」

とアリサはいった。

「家？　自宅？」

アリサはこくんとうなずいた。「灯台もとくらしってやつ」

「家のどこにあったの？」

「冷蔵庫のなか」

わたしとカズエは顔を見合わせた。

「今日持ってきてる？」

「もちろん」

アリサはコートの内ポケットに手を突っこんでごそごそと探ると、こたつの天板の上に黒いかたまりをころんと転がした。

「これ？」

「うん」

「さわってもいい？」

「いいけど」

わたしとカズエはその黒いものを指でつまみ上げて代わる代わる眺めたり、においをかいだりした。

「これどこにあったの？」

「だから冷蔵庫」

「冷蔵庫のどこ？」

「野菜室」

やっぱり。

わたしとカズエは目を合わせてうなずいた。これしいたけだ。

「もういい？　返して」

アリサが手を伸ばしてきたので、わたしは干からびたしいたけをその手のひらの上にのせた。

「やっと見つけたの。わたしのでべそ。色も形も変わってしまったけど、ママのいう通り、これがないとだめだった。これがないわたしは、わたしじゃなかった。全部、ママのいう通りだった……」

アリサはいとおしそうにしいたけを両手で包みこんで自分の頬に寄せた。

わたしとカズエは缶チューハイをごくりと飲んだ。

「もっと明るい曲ない？」

妙な空気を変えたくて、わたしはデッキに手を伸ばし、停止のボタンを押した。適当に早送りをして適当なところで止めた。再生すると流れてきたのは、昔の歌謡曲だった。

「あ、これお父さんが好きな歌」アリサがパッと顔を上げた。花しぐれ、にじむ街並み、ヨイヨイヨイ、とおかしな合いの手を入れた。わたしとカズエは笑いながら、一緒にうろ覚えの歌詞を口ずさんだ。夕凪《ゆうなぎ》、うなぎ、ホイホイホイ。あはは。

せとのお客さんは歌の好きな人が多かった。うたえといわれれば、わたしたち従業員もリクエストに応じて大抵の歌はうたえるようになっていた。なかには音痴な子もいて、そういう子にはママが個別にレッスンをした。わたしの知ってるだけでも、ママのレッスンによってひどい音痴から、のど自慢の予選を通過できるくらいにまで上達したのが三人いる。ユカ、アユミ、カオリ。レッスンの末にのどを潰して声が出なくなったのも三人。ヒロミ、エリ、ノリエ。

「逆じゃない？」

と、カズエ。「音痴が治ったのが、ヒロミ、エリ、ノリエで、のど潰れたのがユカ、アユミ、カオリ」

「うそ。のど自慢に出たのはメグとアカリよ」

「そっちこそ、うそ。のど自慢は予選通過しただけで本選には落ちてるし。それにちょっと待って。カズエ、あんたさっきカオリっていった？　カオリってあのカオリ？

親指の爪がなくなった？」

「違う」

「そもそもカオリは音痴じゃないし」

「違うってば。わたしがいってるのはそのカオリじゃない。覚えてないの？　足が臭くて音痴のカオリ」

「知らない」

「わたしも知らない。足が臭いのはミヨコでしょ。ミヨコの足は売り物になるくらい臭かった。実際、売ってたんだけど」

「わたしその人知らない」

「わたしも」

わたしたちは顔を見合わせた。何だか話がかみ合わない。しばしの沈黙。そして三人同時にプッと吹きだした。

それもそのはず。わたしたちはせとでママの手伝いをしていたけど、働いていた時期は一切かぶっていないのだ。今出た女の子の名前だって、たまたま同じ名前だったというだけで、まったくの別人という可能性のほうが高い。なにしろスナックせとの歴史は古く、数え切れないくらいの女の子が入店し、そしてクビになっていったのだから。

だけどわたしたちはお互いのことをとてもよく知っている。会ったこともない誰かのことを、昔からの一番親しい友達のように感じている。

それはママの口から語られた昔話だったり、お客さんのうわさ話だったり、女の子たちのあいだで代々語り継がれる伝説のなかに生きる人物だったりする。わたしたち三人だって、じつは今日が初対面だなんて、とても信じられない。

デッキから流れる音楽はさっきまでの陽気な曲調から一転、今度は哀愁ただようブルースに変わっていた。

「どういう選曲？」

「ママの好きな曲」

「なるほど」

「ママの誕生日だから」

「なるほどね」

「この次に流れるのがママとわたしの思い出の曲」

カズエは少しボリュームを上げた。

その曲は、ターさんの十八番《おはこ》だった。

「ターさんだ」アリサがぽつりとつぶやいた。

「ターさん知ってるの?」

「知ってる」

「わたしも知ってる」

ターさんは全国的にも有名なせんべいの会社の創業者だ。バラック小屋で奥さんと手焼きしていた時代から、週末にはこまめにせとに通っていた。女の子は次々と入れ替わっていくけれど、一度せとを気に入ったお客さんは、偉くなろうが落ちぶれようが、変わらずせとに通い続ける。ターさんは、ママの大切な常連さんのひとりだった。

「これ何ていう曲だっけ」

「何だっけ」

ターさんがせとにきたら必ずうたう曲。田舎でけんかに明け暮れていた男が都会に出てきて夢とチャンスをつかむ歌。曲の合間に、ウオウオウオウオ、ワ〜、という歌詞が四回登場する。ターさんはウオウオウオの部分をガオガオガオと変えてうたった。ワ〜の部分は、女の子たちにうたわせた。ワ〜ではなくてキャ〜とうたったほうが、ターさんは喜んだ。ターさんが爪をたてるようにして、ガオガオガオと襲いかかるポーズを取ると、ソファに横一列に座らされた女の子たちが、小さくバンザイのポーズをしながら、キャ〜と一斉に体をのけぞらせるのがお決まりだった。恥ずかしがってキャ〜をしない子や、入店したばかりでタイミングがわからない子は、ここでもママの個人レッスンを受けることになった。なかには閉店後、家に帰してもらえず、次の開店時間まで延々レッスンを受けていた子もいたという。

「それ、わたし」

「カズエ？」

「うん。十七時間ぶっ通しでキャ〜のレッスン受けたの、わたし」

「大変だったね」

「まあね。だから思い出の曲なんだ」

ママはカラオケで一番大事なのは合いの手だという考えの人だった。店内にはタンバリンやマラカスやペンライトなどの、カラオケを盛り上げるための道具がひと通り揃っていたが、一番お客さんを喜ばせるのは、息の揃った合いの手だ。合いの手をおろそかにする者には容赦しない。

カズエはセリフ調の合いの手なら何の問題もなく入れることができたのだけど、のどが細いのか何なのか、高い声を使う合いの手が苦手だった。お客さんと一対一の時は出ない声を無理矢理振り絞って合いの手を入れていたが、キャ〜の時は、複数の女の子と一斉に声を出すのを良いことに、口パクでやり過ごすことが多かった。

当然、ママにはばれている。

おまえ、なぜキャ〜しない。ママはカズエの襟をつかんだ。カズエは声を出したくても出ないのだといった。ママはターさんの機嫌を損ねてはいけないと、その場ではカズエを席から外して代わりの女の子を座らせたが、店を閉めたあとにカズエにこんこんと説教をし、キャ〜の練習をするよう命じた。最初、壁に向かって声を出していたが、それだけではちっとも上達しなかった。惰性で発声練習を続けていると、突然、カウンターの向こう側から鬼があらわれ、カズエに襲いかかった。その時、カズエの口からキャアッという短い叫び声が出た。「それだ！」と、鬼のお面をはずしながらママがいった。今までで一番よかった。だが、まだまだ。長さが全然足りないし、まだ声が小さい。お店の女の子のキャ〜が本気であればあるほど、ターさんは喜ぶ。

おまえはもっとできるはずだ、とママからそういわれ、カズエのやる気に火が付いた。カズエには、そんなふうに誰かから期待をかけられた経験がなかった。

ほっぺたをつねる方法を提案したのは、カズエ本人だ。ママはその提案にのっただけ。まず、親指と人差し指の腹を使ってカズエのニキビ跡の残る頬をギュッとつねった。カズエの口から出たのはキャ〜ではなくて「イタッ」だった。次にママは爪をたててつねった。せとで働いたことのある人間なら、誰しも一度はつままれたことがある、バラ柄のとがった爪がカズエの頬にくいこんだ。これにはクィ〜ッという声が出た。まだまだ本気のキャ〜にはほど遠かった。次に鼻をつねった。ウ〜ッという声が出た。二の腕をつねると、アーッという声が出た。たるんだ腹の肉をつねると、ぐぎという声が出た。乳首をつねると、ギャッという声が出た。カズエとママはハッとして、お互いに顔を見合わせた。悪くない、とママはいった。カズエもそう思った。試しにつねる時間を長くした。長くつねれば叫び声も長くなるかと思えばそうではなかった。カズエはクッとひと声もらし、あとは歯をくいしばっていた。ママは首をかしげてしばし考えてから、こたつの部屋にいき、ペンチを手にして戻ってきた。

ママはペンチでカズエの乳首を挟むと、思いっきりひねった。ギャーッ。出た。それはキャ〜の最上級形だった。試しにペンチなしで発声してみると、ちょうどいい塩《あん》梅《ばい》のキャ〜になった。本番でもこのくらいのが出せれば、ターさんが大喜びするのは間違いない。

特訓の成果が試されるその週末、ターさんは店にきて、いつもの十八番をうたった。カズエの合いの手は、結果的には成功したといえる。だが、それはママの素早いフォローのおかげだった。

じつはカズエは連日の寝食抜きの特訓ですっかり弱り切っており、ターさんがうたっている最中に居眠りをしてしまったのだ。鼻ちょうちんをふくらませているカズエに、ターさん本人は気づいていなかったが、ママは気がついた。カウンターを飛び越えてこたつの部屋からペンチをつかんで走ってくると、ターさんがガオガオガオをうたい終えるぎりぎりのところで、カズエのブラジャーをはぎ取り、手にしたペンチで乳首をぎゅううううっとつねった。初めて耳にする断末魔の叫びにターさんは大いに満足し、カズエにチップをたっぷり渡して帰っていった。

よほど良い気分だったのか、最低二日以上は間を空けていたターさんが、次の日もせとに顔を出した。カズエとママの息はぴったりだ。ターさんは大喜び。この日もカズエにチップを渡して帰っていった。閉店後、ママとカズエはターさんが置いていった贈答用のせんべいをかじりながら、ウイスキーの水割りで乾杯した。グラスがカチリと音をたてると、カズエの乳首の痛みは不思議とどこかへ消えていった。わたしががんばればターさんが喜ぶ。ターさんが喜べばママが喜ぶ。ママの笑顔はわたしの、そしてせとで働くみんなの笑顔。

ママは常日頃から店の女の子たちに商売道具を身につけろといったけど、ギャーはカズエの立派な商売道具となっていた。

だがその商売道具も、長くはもたなかった。ママの笑顔のためなら何だってできちゃいそう、そんなふうに思っていた矢先のことだ。

五月の週末、いつものようにターさんがうたい、ママがカズエの乳首をペンチで挟み、つねった瞬間、ギャーは出たのは出たのだが、ギャーと同時に「れれっ」と間の抜けたママの声が重なった。ママは握ったペンチの先を見つめていた。そしてひと言、

「とれた」

カズエの白いドレスの胸元が真っ赤に染まっていた。

大丈夫。カズエはそう自分にいいきかせた。乳首は、商売道具は、まだもうひとつ残っているのだから。その一週間後のことだ。もうひとつの商売道具も、同じように失ったのは。

痛みは感じなかった。カズエはただ悲しかった。商売道具を二つとも失ったカズエに、何が残っているだろう。何も残っていなかった。カズエはせとをクビになった。

あれからずいぶん年月が流れた。ターさんは死んだが、ターさんのせんべいは今も日本国民に愛されている。こたつの上に並べられたお菓子のなかには、ターさんの会社から出ている商品がいくつか交ざっていた。

カズエは缶チューハイの残りひと口を飲み干すと、フッとため息をついてカセットデッキに手を伸ばした。音楽はとっくに鳴り止んでいて、部屋のなかは無音だった。

「B面には何が入ってるの？」巻き戻しのボタンを押そうとしているカズエに、わたしはたずねた。

何も入ってない。そういっておいて、カズエは巻き戻しのボタンを押さずに、カセットを一度取りだすと、ひっくり返してB面をセットした。再生のボタンが押されて流れてきたのは、ただの無音だった。わたしたちはしばらくのあいだ、きこえない音に耳をかたむけた。

しいたけに頬を寄せていたアリサが、何かを思い出したように、ふと顔を上げた。

「クビになったあと、どうしてた？」

わたしもそれをききたかった。

「旅に出てた」

とカズエはこたえた。

「旅？」

「うん、乳首を探す旅」

わたしとアリサはそのこたえに、アハ、と笑いかけて、口を閉じた。カズエが冗談をいったのではないことは、その目を見て理解した。

「見つかったの？　その……」

「乳首？　うん見つかった」

「どこにあったの？」

「それがね、きいてよ」カズエは照れたように笑った。「なんと、冷蔵庫のなか」

「冷蔵庫って、お店の？」

「ううん。自分ちの。ばかみたいでしょ。何のために今まで苦労してたんだか。パスポート取って海外までいったんだよ。初海外。でもいっくら探しても見つからなくて、あきらめて家に戻ったら、あったんだよね。牛乳冷やそうと思って冷蔵庫開けたら、ドアポケットのところに」

「今日持ってきてる？」

「もちろん。ママに見せなくちゃ。なくしたときすごく怒ってたから、見つかったたっていったら許してくれると思うんだ」

「見せて」

アリサが手を差しだした。

「今？　ちょっと待って」

カズエはリュックのなかを探ると、透明な袋を取りだした。

こたつに置かれたその袋を見て、わたしとアリサは顔を見合わせた。袋には「カリフォルニアレーズン」と印字してあった。食べかけなのか、開いた口が輪ゴムでしばってあった。

「旅に出てるあいだに色も形も変わっちゃったけど」

「……すごくたくさんあるのね」

「乳首は二つだけよ。誰だってそうでしょ?」カズエは笑いながら輪ゴムをはずし、たくさんある粒のなかから二粒だけつまんで取りだした。「これとこれ」

こたつの上に置かれたそれはどう見てもレーズンだった。アリサはすでに興味を失ったのか、しいたけのひだの数を数えはじめている。

ママが起きたらこの二人を見て何というだろう。かわいそうにと嘆いてくれたらいいが、ママのことだから、やりなおし! といってもう一度探しにいかせるかもしれない。

時刻は夜十時を回った。わたしたちがここにきてからすでに二時間が経過した。ママはよく眠っている。そろそろ目を覚ましてくれても良いころだ。こちらはとっくに準備万端で、アリサもカズエも早くハッピーバースデーをうたいたくて、そして探してきた体の一部をママに見せたくて、さっきからうずうずしているというのに。わたしはこたつからはみ出ているママの裸足の足の裏をくすぐった。起きない。

カズエがわたしの真似をして、ママのわきの下をくすぐったが、起きない。アリサもしいたけを置いて、ママの首すじに息を吹きかけたり、耳の裏側をくすぐったりした。

「起きないね」

わたしはママの両わきに手を差し入れて、ママの体をこたつのなかから引っぱりだした。ママの胸、お腹、太もも、二の腕、手のひら、三人で約三十分間、全身くまなくくすぐり続けたが、効果はなかった。年を取ると体のあらゆる感覚が鈍るというが、その通りだ。触れても、話しかけても、顔の前でおならをしても、ママは目を覚まさなかった。

一旦休憩。アリサが店内から人数分のおしぼりを取って戻ってきた。わたしたちはママの体を囲んで座り、新しい缶チューハイを開けた。しばらくは誰も口を開かなかった。カセットデッキのテープはとっくに回転を終えている。チューハイ片手に、ボーッとママの寝姿を眺めていると、自分たちが流れる時間のなかにいることを忘れてしまいそうだった。

最初に動きを見せたのはカズエだ。おもむろにこたつの上に手を伸ばすと、先ほどのレーズン二粒をつまみ取り、何を思ったか、それをママの胸の上に置いた。そっと左右に一粒ずつ、しかるべき場所に。そして「うん」とうなずいた。

そのようすを黙って見ていたアリサも、こたつの上に手を伸ばした。干からびたしいたけを両手で胸の前に持ち、一瞬ためらう素振りを見せたが、カズエと同じように、まるで献花でもするみたいに、ママのちょうどへそのあたりに、そっと置いた。

カズエとアリサはしばらくママの体を眺めていた。やがて顔を上げると、二人揃ってわたしのほうを振り向いた。

わたしは首を横に振った。見つめられても、困る。

二人はわたしから目を離さなかった。その視線に耐え切れなくて、わたしは仕方なくこたつの上に手を伸ばした。そしてたまたま近くにあった酢コンブを一枚、つまみ取った。

わたしはママの全身を見回した。どうしよう。どこに置けばいい？　二人はわたしの指先に注目していた。迷った挙句、わたしはつまんだ酢コンブを、ママのほとんどない眉毛の上に、重ねて置いた。わたしの手の熱で湿り気を帯びた酢コンブは、ぺたりとママの肌に吸いついた。チラと二人を見ると、満足気にうなずいた。ホッとしたのと同時に、わたしのなかに意外な感情が湧き上がってきた、それは懐かしさのようなものだった。酢コンブを置いた時、わたしはハルカのことを思い出していた。

　ハルカは眉毛の濃い女の子で、それが彼女の商売道具だった。ただのゲジ眉の女の子を、じゃんけんゲームの人気者に仕立て上げたのは、もちろんママだ。じゃんけんゲームのルールは単純で、女の子同士でじゃんけんをして勝ったほうが負けたほうの眉毛を剃《そ》る、ただそれだけだった。ママは女の子のなかでも特に眉毛の濃い子を選抜メンバーとして指名した。最初から眉毛のない子を使うより、そのほうが盛り上がるからだ。ハルカはいつもじゃんけんに負けていた。元は黒くて極太の眉毛の持ち主だったのが、しょっちゅう剃られているうちに、とうとう新しい毛が生えてこなくなった。

　ママは怒った。しばらくはようすを見ていたが、もう二週間、つるつるの顔で出勤しているハルカを、よくその顔で毎日店に出てこられるものだとののしった。眉毛のないハルカは、ハルカではない。毛が生え揃うまで自宅待機を命じられたハルカだが、その後、店に姿をあらわすことはなかった。

　ハルカもまた、失った眉毛を探す旅に出たのだろうか。

　アリサがこたつの上からもう一枚、酢コンブをつまみ取った。わたしが貼りつけた左側と同じ高さになるように、左右見比べながら慎重な手つきでママの額にのせようとした。だが小刻みにふるえる酢コンブは、思った通りななめに貼りつき、ママは困っているような顔になった。

アリサが酢コンブと格闘しているあいだ、カズエは台所から乾燥ひじきとアーモンドの袋を取ってきた。アリサの横に腰を下ろすと、アーモンドを一粒、ママの閉じた右のまぶたの上にのせた。もう一粒は左まぶたの上にのせた。そしてひじきの袋をやぶり、少量だけ手に取ると、先ほどのせたアーモンドの周りを囲むように、一本一本丁寧に並べていった。出来上がったアーモンドの瞳とひじきのまつ毛を、カズエは感慨深げに眺めていた。わたしが酢コンブの眉毛からハルカを思い出したように、カズエもまた誰かの瞳を思い出しているのかもしれない。

困り顔のママの眉毛に納得のいかないようすのアリサだったが、ある程度いじったところで、あきらめたようだ。再び台所に立ち、今度はおぼんの上に色々のせて戻ってきた。アリサと入れ違いにカズエも立ち上がり、やはり食料を抱えて戻ってきた。二人はもくもくとママの体に食べ物を並べていった。ママの顔は起伏の少ないのっぺりした顔なので、基本的にはうまくのせることができた。凹凸のある場所に置く時は、ピーナッツバターで土台を作ってからその上にのせた。一か所に数種類の食材が重なることもあった。たとえば酢コンブの眉毛の上に枝豆がのせられ、その上にお好みソースが絞られた。アリサが右の頬にハムをのせ、カズエが左にトマトの輪切りを置いた。ピーナッツバターを右耳にたっぷり塗ってから、アリサは冷凍のぎょうざを貼りつけた。左の耳にはカズエがすでにきくらげを貼りつけていた。お互いに腕を伸ばし手を交差させ、ぎょうざの上にきくらげを、きくらげの上にぎょうざを置いた。一度置いたレーズンをわきへどけて、左右の胸に丸餅を二つ並べて置いた。アリサのしいたけがちゃんと立つように、ここでもピーナッツバターの土台が役に立った。

すね毛のひじきが足らなくなった。わたしはひょっとしたら、と思い、店のほうのキッチンを探りにいった。案の定、戸棚の奥から業務用の袋が出てきたので、それをカズエに手渡した。

「あった！」とアリサが叫んだ。店の冷蔵庫の扉を開け、なかに頭を突っこんでいる。「シホのくちびる！」こちらに掲げて見せたのは、北海道産のたらこだった。冷蔵庫のなかからは、他にもユミの指やアカリの舌やナナコのあごが見つかった。

わたしが流しの下に落ちていたノリカの爪をママの爪の上に重ねて置いているあいだ、アリサはサキの髪の毛をママの頭の上にセットした。そのあいだ、カズエはピンセットを使ってエツコの体毛を一本一本マナミの皮膚に植えていくのに忙しい。ねえ、そこの、サユリの骨盤とって。わたしがいっても通じなかった。わたしにとってのそれは、他の二人からしてみればマミの心臓であり、ユカコの頭蓋骨でもあるからだ。

どのくらい時間がたっただろう。気がつけば、ママの体はせとの女の子たちの体の一部に覆われていた。それはママの体に違いないのだが、一方で、ユミの体であり、カオリの体であり、キョウコの体でもあった。もちろんアリサの体でもあり、カズエの体でもある。

アリサが赤く発光している物体を手に取った。目の前の体には、もう一分の隙もない。これを一体どこに置くのかと思っていたら、わたしの目の前に差しだした。

「わたし?」

「あんたのじゃないの?」

わたしは首を振った。「違う」

「じゃあこれ?」

カズエが両手で持っているのは、どろっとした黒いかたまりだった。

「違う」

「これは?」

茶色の液体。「違う」

「これ」

金色のハート形。「違う」

アリサとカズエは困ったように顔を見合わせた。「じゃあ、どれ？」

こたえられなかった。

わたしのなくしたものは、冷蔵庫のなかにはなかった。戸棚の奥にも、こたつの上にも、コンロと壁のすきまにもない。

「困ったな」

「一緒に探そう」

「このへんのどこかにまぎれこんでるんじゃない？」

わたしたちはトモミの太ももをどかし、クミの目玉をはずし、マナミの皮膚をめくっていった。だが、そこにはママの空洞がひろがるばかりで、わたしのなくしたものは、やはりどこにも見当たらなかった。

三人とも汗びっしょりになっていた。アリサが新しいおしぼりを取りにいき、戻ってきた。ひとまず休憩。わたしたちは何本目かの缶チューハイを開け、同時に飲んだ。

時刻は午後十一時四十五分、三十三秒。ここにきてから三時間と四十五分が経過した。いつから寝ているのか知らないが、いくら何でも起きなすぎではないだろうか。

わたしはナツミとマキとケイコの目をどけて、ママのまぶたをこじ開けた。瞬間、瞳孔がシュッとちぢんだ。

「生きてるの?」

「まだ生きてる」

ママが目を覚ますまで待つと決めている。

時刻は午後十一時四十七分、十三秒。

時計の針を見ていたアリサが、大きなあくびをしたあと、ポリポリポリポリと頭をかいた。

わたしはチューハイの缶を置き、カズエの乳首に手を伸ばすと、一粒つまんで口に入れた。

カズエは一瞬、「あ」という顔をしたが、すぐに袋のなかから一粒取りだし、なくなった場所に補充した。

時刻は午後十一時五十九分、四十九秒、五十秒、五十一、五十二、五十三……。もうすぐ誕生日が終わろうとしている。

冬の夜

一月の、雪の降る明け方に、かっちゃんは古い病院で生まれた。

かっちゃんのお母さんが考えていた日付よりも、ひと月早く、かっちゃんは出てきた。あとひと月お腹《なか》のなかで過ごしていたら、かっちゃんとかっちゃんのお母さんは同じ誕生日になっていた。

かっちゃんの生まれた病院は、幽霊の出ることで有名な病院だった。夜中の二時、お母さんがトイレに行くために誰もいない廊下を歩いていると、赤ちゃんの幽霊がふわっとあらわれてお母さんの腰にさわった。お母さんは寝ぼけていたので、気づかなかった。トイレで用を足すと、ふらふらとかっちゃんの待つ病室に戻り、布団を頭までかぶって、かっちゃんの眠るベビーベッドに背を向けて、何度目かの短い眠りについた。

夜中に何度も、かっちゃんはヒイーッと泣いた。お母さんはオムツを替えて、ミルクを飲ませて、とんとんとん、とかっちゃんの背中をやさしく叩《たた》いた。

ゲップしてごらん、かっちゃん、ゲップしてごらん……。

かっちゃんは、ゲップを出す代わりにヒイーッと泣いた。苦しそうな泣き声だった。かっちゃんのお父さんは、新幹線に乗ってかっちゃんに会いにきた。新幹線のなかでビールを飲んで眠ってしまい、降りるはずの駅を通り過ぎても、まだ目を覚まさなかった。そして終点まで行ってしまった。だから、お土産は『雷おこし』と『博多通りもん』だった。

お父さんは、病室でかっちゃんの顔をちょっと見た。ちょうどお母さんの夕食が運ばれてきたところだった。お膳の上には、ごはん、豚汁、カレイの煮付け、カリフラワーのサラダ、いちごがのっていた。お父さんは、お母さんの夕食を五分でペロリと平らげて、「足らないな」といった。お母さんは雷おこしを一枚、ゆっくりかじりながら、お父さんが食後に博多通りもんをほおばる姿を見ていた。

「タバコ吸ってくる」

そういうと、お父さんはパイプ椅子から立ち上がった。もう一度かっちゃんをちょっとだけ見てから、病室から出て行った。

やっと雷おこし一枚を食べ終えたお母さんは、ぼんやりした目つきで赤ちゃん用のベッドで眠るかっちゃんを見ていた。ため息をひとつついて、のろのろとニットの上着を羽織ると、病院の名前入りのスリッパを履いて、病室から出て行った。

薄いピンク色のカーテンの向こう側には、ナミちゃんが寝ている。

この病院の三〇六号室は、かっちゃんとかっちゃんのお母さんだけのものではなかった。ナミちゃんと、ナミちゃんのお母さんもいた。ナミちゃんは、かっちゃんと同じ日に生まれた。ナミちゃんのほうが、かっちゃんよりも四時間早く、出てきた。

ベッドの上で、ナミちゃんのお母さんは日記を書いている。

ナミちゃんのお母さんは、十三歳の時から毎日日記を書いている。もう十年以上続いている。二十一冊目の日記帳は、白い表紙の大学ノートだ。ナミちゃんが生まれてきてくれて最高にうれしい、と緑色のボールペンで、そう書いたところだった。

ナミちゃんのお母さんは、ボールペンを握っていた手を止めて、耳を澄ませた。病室のドアが開いて、閉まった。ぺったり、ぺったり、とスリッパをひきずる足音が、だんだん遠のいていった。

（おとなりさん、トイレかな）

ナミちゃんのお母さんもトイレに行きたかった。おとなりさんがベッドに戻ったら、入れ代わりになるように行こうと思う。この病室に入って、今日で三日目。おとなりさんとは、まだ一度も顔を合わせたことがない。

この三日間だけで、ナミちゃんとナミちゃんのお母さんには、家族や友人、合計八人の面会があった。ナミちゃんの三つ上のお姉さんのリカちゃんは、生まれたてのナミちゃんを見てきゃーきゃー騒いだ。物音ひとつ聞こえない、ピンクのカーテンの向こう側を、ナミちゃんのお母さんは気にしながら、リカちゃんに「しーっ」と注意した。

(誰もこないのね)と、思っていたけど、今日、初めておとなりさんに面会があった。

(旦那さんかな)

きっと旦那さんだ、と判断した。そう思うことで、ナミちゃんのお母さんは少し安心した。誰も面会にこないおとなりさんのことを、未婚の母かもしれないと推測していたところだ。

未婚の母なら、かわいそう。ナミちゃんのお母さんの旦那さんは、やさしくて、おもしろくて、頼りがいのあるスポーツマンだ。旦那さんのいない人生を想像しただけで、ナミちゃんのお母さんは寂しさのあまり、涙があふれるのだった。

(何を書こうとしていたのだっけ……)

緑のボールペンを握る手は、止まったままになっている。『ナミちゃんが生まれてきてくれて最高にうれしい』と、日記帳には書いてある。

（えーっと、それから）

と少し考えて、『リカは妹がかわいくてしかたないようす。コーフン気味！』と続けた。

ところで、おとなりさんは今回が初めての出産らしい。ナミちゃんのお母さんは、カーテン越しに助産師さんとの会話を聞いていたので知っている。どうやら、高齢出産らしい。食欲がないらしい。貧血らしい。お乳が出ないらしい。赤ちゃんにゲップをさせるコツがわからないらしい。

助産師さんのアドバイスに、消え入りそうな声でハイ、ハイ、とうなずく声を聞いていると、ナミちゃんのお母さんは、ピンクのカーテンをいきおいよくジャッと開けて、「大丈夫！」とひと声かけたくなってくる。

（えーっと、それから。……なんだっけ）

まだ二行しか書いていない。もっともっと書かないといけないことがあるはずだ。ナミちゃんのお母さんは、視線を宙にさまよわせた。

と、ふと違和感をおぼえた。違和感の正体は、いつもぴっちり閉じているおとなりさんとの仕切りのピンクのカーテンに、少しだけすきまができていることだった。

そのすきまから、細い目がひとつ、じいっとナミちゃんのお母さんの顔を見つめていた。

「ひッ」

驚いたナミちゃんのお母さんが悲鳴を上げると、短い音をたててカーテンは閉じた。

「す、すみません」

揺れるカーテンの向こう側で、男の声がした。

「まちがえました。すみません」

甲高い、震えているような声だった。

「いいえ」

と、ナミちゃんのお母さんはこたえた。心臓がバクバクいっている。

男は立ち去らなかった。カーテンの向こう側に立ったままなのが、気配でわかった。

ナミちゃんのお母さんは、心のなかでスポーツマンの旦那さんに助けを求めた。枕元に置いていた携帯電話を握りしめた時、病室のドアが開いた。

「どうしたの？」

「え、なにが」

「ううん、べつに……」

「帰るよ」

「帰るの？」

「うん」

「そう、気をつけてね」

「ああ」

「じゃあね」

カーテン越しに短い会話が聞こえて、直後に病室のドアがばたんと閉まった。そのあと、おとなりさんがベッドにゆっくりと腰を下ろすのがわかった。

今の男は、おとなりさんの旦那さんだったのだ、とナミちゃんのお母さんは理解した。そして忘れることにした。

その日の夜、カーテンの向こう側からは、いつものささやき声が聞こえてきた。ゲップしてごらん……、かっちゃん、ゲップしてごらん……、かっちゃん……。

とんとんとん、と小さな背中を叩く音がする。

やがてヒイーッという泣き声が、ささやき声をかき消した。

今夜もゲップは出なかった。ナミちゃんのお母さんは、一度もかっちゃんのゲップを聞いたことがない。

入院五日目。この日、ナミちゃんとナミちゃんのお母さんのところに会いにきたのは全部で四人。午前中にナミちゃんのお母さんの中学校時代の同級生が二人、午後にはスポーツマンの旦那さんと、旦那さんのお母さんがきた。ちなみに旦那さんは毎日きている。旦那さんのお母さんは、ナミちゃんが生まれた当日と翌日にもきたから、これで三回めだった。

「変わりない？」

「うん」

「赤ちゃんも？」

「はい」

「よかった」

「リカはわがままいってませんか」

「ぜーんぜん。昨日も今日もごきげんで保育園行ったわよ」

「そうですか、ならよかった。あの、座ってください」

「母さん座りなよ」

「ありがと。あ、そうだ、昨日ね、いいたんす見つけたのよ」

「たんすですか」

「あんたたちにプレゼントしようと思うんだけど、どうかしら」

「なんだよ急に」

「あら、たんす欲しいっていってなかった？」

「もっと収納スペースがあるといいな、とはいったけど」

「じゃあいいじゃない。ね、プレゼントするわよ」

「せっかくだけど、たんすは必要ないよ」

「どうして。これから赤ちゃんの服も増えるでしょう、ないよりはあったほうがいいじゃない」

「キャビネット注文したばっかりなんだ」

「なにそれ」

「キャビネットだよ。たんすの仲間。だからいらない。悪いけど」

「あきなさんは？　たんす」

「いらないって」

「頑丈そうで値段も安くてね、いいたんすなのよ。どう？」

「断っていいからな」

「あんたは黙ってなさい。あきなさんに聞いてるの」

「たんですか……」

「どう？」

「うーん、そうですね」

「置き場所がないよ。なあ」

「あるじゃない。あんたたち広い部屋に住んでるんだから。どう？　あきなさん。あきなさん次第だけど」

「えーと」

「いるなら明日にでもニトリに行こうと思うんだけど。明日ならお父さん会社休みだから」

「なんだニトリかよ」

「なによ」

「べつに」

「ニトリじゃいけないの」

「べつに」

「あの、あたし、ニトリ好きです」

「無理するなよ」

「ほんとだよ。うちにあるフライパンとやかん、ニトリだよ。あとハンガーも」

「そうなのか」

「うん、おかあさん、いいんですか」

「もちろん」

「ありがとうございます」

「ほんとにいいの？　たんすなんか、あっても使わないだろ」

「あれば使うよ、きっと」

「そうよねえ。使うわよねえ。じゃあ明日早速買ってくるわね」

「ありがとうございます」

「いいのよ、出産祝いなんだから。あ、ねえ、さっき、この部屋から赤ちゃん抱いて出てきた人とすれ違ったわよ。となりのベッドの人かしら」

「たぶん、そうだと思います」

「かわいそうに、赤ちゃんけがしてんのかしらね。おでこに包帯巻いてるの」

「そうなんですか」

「うん、見たことないの？　となりにいるのに。なあに、もしかして、まだあいさつしてないの？」

「はい……」

「だめじゃない。さっき、わたしがこんにちはっていったら、ちゃんと向こうもこんにちはっていってくれたわよ。いい人だと思うわよ」

「そうですか、あいさつしなきゃとは思ってるんですけど……」

「気にすんなよ。退院までにしたらいいよ」

「退院までにって、明日退院じゃない」

「そうだけど」

「あっというまだったわねえ。ナミちゃん、明日おうちに帰りまちゅよー。うれちいでちゅかー」

「起こすなよ」

「よく寝てるわね」

「はい」

「いつもこっち向きで寝てるの？　前、きた時もこっち向きだったわね」

「そうですね、こっち向きが多いかな」

「頭の形がいびつになるから、気づいた時に向き変えてあげなくちゃ。どれ、ちょっと変えてあげる」

「いいよ母さん。せっかく寝てるんだから」

「ヨッと」

「いいってば。余計なことするなよ。起きちゃうじゃないか」

「起きないわよ。ヨッ。ほら。あっち向いた。ね、こんなふうに気づいた時でいいから向き変えてあげて」

「はい」

「これも母親の仕事」

「はい」

「ねえ。やっぱり個室にしたらよかったんじゃないかしら。それか大部屋か。二人部屋なんて、かえって一番気をつかうでしょう。空いてる個室、もうないのかしら」

「今さら何いってんだよ」

旦那さんと旦那さんのお母さんは、三十分ほどで帰っていった。急に静まり返った三〇六号室に、突然、くしゃみの音が三回響いた。

ナミちゃんのお母さんは驚いて、ピンクのカーテンに目をやった。洟《はな》をかむ音がする。

（おとなりさん、いつからいたんだろう……）

夜。ナミちゃんのお母さんは日記帳をひろげて、自宅マンションの間取り図を描きながら、ウォールナット材でできたキャビネットと、ニトリのプラスチック製のたんすを部屋のどこに配置するべきか考えた。考えているうちに、眠たくなってきたので、明日、退院して家に帰ってから、ゆっくり考えることにした。

日記帳を閉じてサイドテーブルの上に置き、ベッドに横になると、となりの小さなベッドで眠るナミちゃんを見た。いつもお母さんのほうを向いて寝ているナミちゃんは、今日の午後からずっと窓のほうを向いて寝ている。

布団をかぶって目を閉じると、昼間の旦那さんや、旦那さんのお母さんの声が、耳によみがえった。

(聞かれたかな)

おとなりさんは、今日も静かだった。五日間の入院生活のなかで、おとなりさんに面会があったのは、一度だけだ。

カーテンのすきまからのぞいていた細い目を思いだしそうになったナミちゃんのお母さんは、軽く頭を振った。

今は、寝息も、くしゃみも、洟をかむ音も聞こえない。

(静かだな)

と、思っていたら、カーテン越しに赤ちゃんの泣き声が聞こえてきた。泣き声が大きくなったところで、ため息が聞こえてきた。シーツがこすれる音が聞こえてきて、カチャカチャとミルクを作る音が聞こえてきて、しばらくすると、背中をとんとん叩く音と、いつものささやき声が聞こえてきた。

「かっちゃん……」

(かっちゃん)

「かっちゃん……」

(かっちゃん、けがしてるの?)

「ゲップしてごらん……、かっちゃん……」

(お願いかっちゃん、ゲップしてあげて)

入院生活最後の夜も、ナミちゃんのお母さんに、かっちゃんのゲップは聞こえなかった。


同じ日に生まれて、同じ部屋で五日間を過ごしたかっちゃんとナミちゃんだけど、退院する日は別々だった。

ナミちゃんは、退院当日におこなった最後の検査で、黄疸《おうだん》の数値が高いことがわかって、あと三日、入院することになった。ナミちゃんのお母さんは、朝からお化粧をして、ショートカットの髪にスプレーを吹きかけて、きれいなワンピースに着替えて、すっかり退院準備をととのえたあとに、突然部屋に入ってきた看護師さんから、そのことを聞かされた。

これから迎えにこようとしている旦那さんに電話をかけて、ナミちゃんと一緒に帰れなくなったと伝えているのを、かっちゃんのお母さんは、ピンクのカーテン越しに聞いていた。

（泣いてる……）

かっちゃんのお母さんは、そっと荷物をまとめて、病室を出た。二人のお母さんは、とうとう一度も顔を合わせることはなかった。


退院したかっちゃんと、かっちゃんのお母さんは、かっちゃんのお母さんのお母さん、つまりかっちゃんのおばあちゃんの家にやってきた。

暗くて、広くて、ほこりだらけの部屋に、かっちゃんは寝かされた。かっちゃんの両方の鼻の穴は、すぐに鼻くそでパンパンになった。

かっちゃんのおばあちゃんは、心臓と足が悪かった。おばあちゃんが出歩くことはめったになかった。外を歩く時だけでなく、家のなかでも転ぶことがあるので、テーブルや椅子、棚を支えに、ゆっくり、ゆっくり、移動した。宅配便で届く野菜やお肉を使って、朝昼晩、かっちゃんのお母さんが食べる分のご飯を作った。

かっちゃんの部屋はほこりだらけだったけど、テレビがあった。

かっちゃんのお母さんは、かっちゃんの寝ている座布団の横に布団を敷いて、一日の大半をそこに寝転がって過ごした。ご飯の時と、かっちゃんのお風呂の世話をする時にだけ、台所に行った。あとはずっとテレビの部屋で、かっちゃんと二人きりだった。

かっちゃんがどんなに泣いていても、お母さんは時間がくれば、かっちゃんを置いて、ご飯を食べに台所へ向かった。お母さんの食欲は、少しずつ戻ってきていた。食べ終えたら、かっちゃんをひざの上にのせてテレビを見た。テレビは、ほぼ一日中ついていた。お母さんが一番好きなのは、平日夕方四時から始まる、二時間のサスペンスドラマの再放送だった。

かっちゃんはテレビを見なかった。かっちゃんの目は、いつも閉じたままだった。寝ている時も、起きている時も。

かっちゃんの右のまぶたの上には、ガーゼが貼りつけてある。お母さんと初めて対面をした時には、すでに、かっちゃんのまぶたの上には白いガーゼが貼りついていた。大きなガーゼだったので、かっちゃんのおでこ全体を覆っているように見えた。病院で、かっちゃんはけがをしたのだ。

「お産の時に傷ついて」と先生はいった。何で、何時《いつ》、どんな理由で、かっちゃんの右のまぶたに傷をつけたのか、先生は説明しなかった。早口で、顔の黒い、いつも忙しそうな先生だった。一日二回の消毒と、お風呂上りのガーゼ交換。先生が良しとおっしゃるまでは続けてください、気になることがあれば、またきてください、と看護師さんはいった。

（ガーゼ、重たいんじゃないだろうか）

と、お母さんは考えた。

だから、かっちゃんの目はいつも閉じられたままなのだ。試しに、はずしたままにしてみたら、どうだろう。ガーゼの重みがなくなれば、まぶたもひらくかもしれない。

まぶたと眉毛のあいだの、横に一センチほどのびた傷口は、よく見ると細かいギザギザになっていた。そこから浸《し》みだす黄色い汁を見つめながら、お母さんはそう考えてはみたものの、結局思いとどまった。お風呂上りにいつもの手順で二種類の消毒薬を塗ったあと、すみやかに新しいガーゼでふたをした。

まだ、はずしたらだめなのだ。先生の口から「良し」の合図が出るまでは。傷が治ってガーゼが取れたら、かっちゃんは生まれ変わる、そんなふうにお母さんは思うことにした。

ガーゼが取れたその瞬間に、長いあいだ眠っていたかっちゃんが目を覚ます。生まれ変わったかっちゃんは、きっと今よりお乳を上手に飲むだろう。たくさん飲んで、ゲップを出して、夜はぐっすり眠るようになる。ヒイーッという苦しそうな泣き声も、仔猫《こねこ》みたいなミーミーと甘くて愛らしい音に変わる。髪がふさふさに生えて、お肌はつるつるピカピカになって、右のふとももにあるキツネの横顔みたいな形の赤いあざも消える。

ガーゼが取れたら。このまぶたの下から、お母さんもまだ見たことのない、かっちゃんの黒い瞳があらわれたら。何もかもが、良くなっていくに決まっている。

初めてかっちゃんがこの家にやってきた時、かっちゃんがどのくらいかわいい赤ちゃんかということが、おばあちゃんにはひと目見た瞬間にわかった。かっちゃんは間違いなく、世界一かわいい赤ちゃんだった。

午後。ストーブのついた台所の流しで、お母さんはかっちゃんの体を洗っている。

そのようすを椅子に座ったおばあちゃんが見ている。お母さんは手がすべって、何度もかっちゃんを洗い桶《おけ》のなかに沈める。いつも苦しそうに泣くかっちゃんだけど、お風呂の時はなぜか泣き声ひとつ上げようとしない。防水加工がしてあるガーゼと一緒だ。かっちゃんも、かっちゃんのガーゼも、水に強くてケロリとしている。代わりに、そばで見ていたおばあちゃんが悲鳴を上げた。

お母さんとおばあちゃんは、食事の時間を朝七時、昼十二時、夜七時、と決めた。おばあちゃんは、食事の時間にちょうど間に合うように、台所で支度を始める。足の悪いおばあちゃんは、包丁を使う時だけ、椅子に座って作業をした。包丁を使わない時は、立っている。流しのへりや、レンジ台に体をあずけて、野菜を洗ったり、だしを取ったり、なべのふたを開けて味見したりする。

おばあちゃんが座っている椅子は、その昔、おじいちゃんが書きものをする時に座っていた、ひじ掛け付きの椅子だ。黒の革張りの座面は、おじいちゃんのおしりの形にへこんでいる。ひじ掛けの部分を邪魔に思うこともあるけれど、包丁を握った時に、作業台の上に置かれたまな板と、肩の位置がちょうどいい距離になるので、もう十年以上、座り続けている。

冷蔵庫は勝手口の近くにあった。そこに物を取りに行く時に、転ぶことがある。食卓に手をつきながら台所を移動すればいいのだけど、手をつく前に、体の向きを変えた拍子に、うっかり転んでしまうのだった。そんな時にも、おじいちゃんのひじ掛け付きの椅子が役に立った。床に倒れたおばあちゃんは、片方の手で、おじいちゃんの椅子の脚を握りしめる。もう片方の手は床について、腕の力だけで上半身を起こす。脚を握っていた手を、今度はひじ掛けに移動させる。もう片方の手は座面に、そして背もたれに。徐々に、ゆっくりと起き上がっていく。ほかの椅子ではうまくいかない。脚が細すぎたり、太すぎたり、ひじ掛けが付いていないので空振りしたり、体重をかけると反対側の脚が浮き上がったりする。重たい、ひじ掛け付きのおじいちゃんの椅子でなければだめだった。

お母さんが、かっちゃんの鼻くそを取ろうとして、ますます奥に押し込んでしまった、ちょうどその時、おばあちゃんは冷蔵庫に油あげを取りに行こうとして転んだ。

転んだ時、おばあちゃんは声を出さなかった。いつもそうだ。黙ったまま転んで、起き上がる。転び方にも年季が入っていて、倒れていく体を、音が出ないように床に打ちつけることができる。

十二時ちょうど、味噌《みそ》汁と炒めた玉ねぎのにおいに誘われて、お母さんが台所に顔をのぞかせた時には、おばあちゃんはとっくに起き上がっていて、いつもの椅子に浅く腰かけ、今は味噌汁に浮かべるためのネギを刻んでいるのだった。

郵便局に用事があって、かっちゃんのお母さんは、かっちゃんを置いて、久しぶりにひとりで外に出た。かっちゃんはおばあちゃんと一緒に、おばあちゃんの部屋でお留守番だ。この家にきて、かっちゃんは初めてテレビの部屋と台所以外の部屋に入った。

おばあちゃんのベッドの上で、かっちゃんはおとなしく眠った。出かける前に、お母さんがいつもの倍の量のミルクを飲ませたので、寝ながらかっちゃんは吐いた。吐いても、スヤスヤと眠り続けた。

おばあちゃんは、かっちゃんの寝顔を眺めていた。あごに垂れたミルクをタオルでやさしく拭いてやり、飽きることなく、また眺めた。そして硬く曲がった指の先をそっと宙に持ち上げて、かっちゃんのほっぺたに近づけた。

かっちゃんがこの家にきてから二週間。その間、おばあちゃんは、ほとんどかっちゃんにさわったことがない。お風呂上りのかっちゃんの裸にタオルをかけてやる時に、少し手がふれるくらいだ。普段、おばあちゃんのいる場所は、玄関脇の自分の部屋か、そのとなりの台所のどちらかで、一方、かっちゃんのいる場所は廊下の一番奥の、テレビの部屋だ。部屋の扉はいつも閉められていて、玄関から続く廊下には、おばあちゃんの体を支えるための手すりも椅子もない。かっちゃんまでの道のりは、遠かった。おばあちゃんは、わずかにふるえる指先で、誰にも気づかれないように、寝ているかっちゃんにも気づかれないように、産毛に覆われた赤いほっぺたを、ちょん、ちょん、ちょん、とつついた。

すると、えくぼができた。お母さんは、かっちゃんにえくぼができることを知らない。かっちゃんも、自分の左のほっぺたにえくぼができることを、まだ知らない。第一発見者はおばあちゃんだった。

お母さんのお乳は、入院中に比べれば、少しずつ出るようになってきた。読んだ本には、出なくても吸わせることが大事、と書いてあった。そのとおりにしている。

敷きっぱなしの布団の上で、ひざを横に折り曲げて座り、テレビ画面を見上げながらお乳をあげていると、すぐに肩や腰がズキズキと痛みだす。ある日の夕方、二時間ドラマの再放送を見ていたお母さんは、一旦かっちゃんを布団の上に置き、台所に行って、椅子を一脚運んできた。

ひじ掛け付きの椅子に座ってお乳をあげると、腕が固定されて、肩や手首が痛まなかった。テレビの画面も見やすくて、首も腰も、布団の上に座っている時よりらくだった。

次の日から、夕方四時が近づくと、お母さんは台所に行き、椅子を抱えて戻ってきた。部屋のすみに置いた椅子に腰かけて、かっちゃんが泣けばひざに抱き上げ、ドラマを見ながらお乳をあげた。

この椅子が、おばあちゃんが包丁で野菜や魚を切る時に必要なものだということは、知っている。だから、おばあちゃんがご飯の支度をしている最中は持ち出さない。ドラマが終われば、元の場所に返しておく。

だけどつい、かっちゃんがお乳から口を離したあとも、二時間ドラマが終わったあとも、椅子に座ってテレビを見続けてしまうことがあった。

六時から始まったニュース番組を、なんとなく見ていたお母さんは、いつのまにかドラマが終わって四十分がたったことに気がついた。椅子を返しに台所へ行くと、台所では、おばあちゃんが流しのへりに両手でつかまって、ただ、じっと立っていた。

「ごめん、ごめん」

お母さんは、おばあちゃんのそばに椅子を置くと、かっちゃんに飲ませるミルクを作るために、かごに伏せてあった哺乳瓶を手にとった。

粉ミルクの缶のふたを開けるお母さんの後ろで、椅子に腰を下ろしたおばあちゃんが、大きなキャベツをザクリ、ザクリ、と切り始めた。その日の献立は、とんかつだった。いつもより一時間近く遅れてからの、晩ご飯となった。


時々、お母さんは入院していた時のことを思いだす。幽霊が出ることで有名な病院だったけど、幸い、一度も遭遇することはなかった。

いや、もしかしたら、気づかなかっただけで、遭遇していたのかもしれない。毎朝体温計を持ってきた、あの看護師さん。乳房をマッサージしてくれた、あの助産師さん。いつも忙しそうな、早口でしゃべる、あの先生。部屋のゴミ箱にたまったティッシュを捨ててくれた、あの清掃係の人。あのなかの誰かは、じつは幽霊だったのかもしれない。

それから、ピンクのカーテンの向こう側にいた、あの子。退院の日に、赤ちゃんと一緒に家に帰ることができなくて、泣いていた。赤ちゃんの名前は、ナミちゃんだ。無事に退院できただろうか。今は、元気にしているだろうか。元気なら、幽霊でも人間でもどっちでもかまわない。

こんなことをお母さんが考えているのは、今見ている映画のせいだ。

真夜中に、テレビで映画を放送している。一度映画館で見たことのあるやつだ。霊感の強い少年と自分が死んでいることに気づいていない幽霊の交流の物語。

最初は布団のなかで寝そべって見ていたけれど、中盤を過ぎてコマーシャルに切り替わったところで、台所から椅子を持ってきた。

ぐずり始めたかっちゃんをひざの上に抱き上げて、お母さんは椅子に座って映画を見ている。


その晩、おばあちゃんは午前一時に目が覚めた。寝返りを打ったあと、再び目を閉じたけど、しばらくたっても眠れなかった。こんなことは初めてのことなのだけど、勝手口の戸締りをおこなったかどうか、ふいに気になりだして、たしかめずにはいられなくなった。やがてゆっくり体を起こすと、分厚いカーディガンを羽織り、部屋のとなりの台所へと向かった。

勝手口の鍵は、ちゃんとかかっていた。晩ご飯の支度を終えたあと、生ごみを外に置いてあるゴミ箱に捨てに行って戻ってきたら、いつも必ず施錠するのだ。これまでも、忘れたことは一度もない。

暖かい部屋から冷えきった台所に移動したせいで、おばあちゃんの目は完全に覚めてしまった。

せっかくだから、明日の朝食の下準備でもしておこうと思い、冷蔵庫の扉を開けた。味噌汁の具にしようと思っていた長ネギは、夕飯の時に全部使い切ったのだった。代わりに玉ねぎを入れよう。それと、じゃがいも。どちらも大量に、外の食品庫のなかで保管している。

おばあちゃんは冷蔵庫の扉を閉めると、外に出るため、さっき確認したばかりの勝手口のほうへ体の向きを変えた。冷蔵庫の扉に手をついて、右足から順番に一歩ずつ、足をすべらせていった。次に、左手を食卓の角に伸ばして、しっかりとつかんだ。体の重心に向かって足を移動させながら、今度は右手を壁のほうへ伸ばそうとした、その時だった。伸ばした右手の指先が壁をかすめて、おばあちゃんの体はななめに倒れた。

いつもみたいに、静かな転び方だった。声は一切もらさなかった。体が床に倒れた瞬間、トン、と小さな音が鳴っただけだ。

こんな時、どうすればいいのか、おばあちゃんはわかっている。天井を見れば、自分が今、どの方角を向いているのかもわかる。おばあちゃんは、腰を軸にして床に両手をつきながら、体を水平にゆっくりと回転させた。大体のところで体の動きを止めて、右手を伸ばした。おばあちゃんがあたりをつけた場所には、おじいちゃんの椅子の脚がある。片手で脚をつかんだら、あとはいつもの手順で徐々に体を起こしていけばいい。

だけど、おばあちゃんの右手は脚をつかもうとして、何度も空振りした。首を伸ばしたり、顔の向きを変えたりしながら、おばあちゃんの視線は台所の床の上をさまよった。

(アレ、椅子がない……)

あるはずの椅子が、いつもの場所にない。おばあちゃんの右手は、一旦動きを止めた。そして今度はテーブルの脚のほうへと伸びた。

テーブルの脚は太すぎて、握りしめようとしてもつるつるすべった。他の椅子の脚にも手を伸ばした。細く角ばっているせいで、うまく力が入らない。

流しの下の扉や、冷凍室の扉の表面を、おばあちゃんの爪がカリカリと引っ搔《か》いた。あちこちに手を伸ばし、頭を動かし、どうにかして起き上がろうと、床の上で試行錯誤していたけれど、やがて、おばあちゃんはあきらめたように体の動きを止めた。床の上に仰向けになり、息を大きく吸いこんで、ひゅうっと吐いた。

すぐそばで、冷蔵庫のモーター音が鳴っていた。ウーン、と唸《うな》ってはピタッと止まり、ゴ、ゴ、ゴ、ゴ、という低い音に変わった。しばらくすると、またウーンと唸った。

おばあちゃんは床に手をついて、姿勢を変えた。半身を下にして、冷たい台所の床に右の耳をくっつけた。目を閉じると、モーター音とは別の、規則的なリズムが床から伝わってくるようだ。

コックン、コックン、と、おばあちゃんには聞こえたのだった。椅子は今、かっちゃんのところに行っている。

主人公の男の子に笑顔が戻ってきた。ストーリーは終盤に差し掛かっている。

ぐずぐずいっていたかっちゃんが、いよいよ本格的に泣きだした。お母さんは、一度見たはずの映画を熱心に見続けながら、かっちゃんにお乳をあげた。

真夜中は、お乳がたくさん出るようだ。かっちゃんは、のどを鳴らしてお乳を飲んだ。

静かな音楽とともに、エンドロールが流れ始めた。映画は、お母さんの知っている通りの結末だった。車のコマーシャルの後、画面は音のない天気図に切り替わった。

お母さんは、かっちゃんを抱いたままかがみこむと、足元に転がっていたリモコンを手にとって、テレビを消した。

部屋は暗闇に包まれた。天井から伸びる蛍光灯の長いひもを引っぱって、一番小さな明かりをつけた。

椅子に浅く座り直すと、向かい合うかたちになるように、かっちゃんをひざの上にお座りさせた。お母さんの片方の手のひらは、かっちゃんの頭の後ろに、もう片方の手は背中にあてて、とん、とん、とん、とん。小さな背中を叩きながら、お母さんはささやいた。

「ゲップしてごらん、かっちゃん、ゲップしてごらん……」

ゲフッ、と、すぐに大きなゲップの音がした。

その音は、冷え切った廊下を伝わって、家中に響き渡った。玄関にも、トイレにも、お風呂場にも。今は使われていない二階の部屋へと続く階段にも。それから、おばあちゃんの部屋にも。おばあちゃんが横たわる台所にも。

オレンジ色の薄明かりに包まれた部屋のなかで、お母さんが一人、照れたように笑っている。ゲップをしたのは、かっちゃんのお母さんだ。

晩ご飯に、お母さんはすき焼きを食べた。すき焼き鍋の周りには、お母さんの好物ばかりが並んでいた。ひじき、明太子、かぼちゃの煮物、トマトのサラダに、ケーキもあった。ケーキは、昼間、お母さんが自分で買いに行ったものだ。帰ってきたら、花束が届いていた。花束は、かっちゃんのお父さんからだった。『誕生日おめでとう』の文字が書かれたカードを見つめながら、そろそろ、お父さんの待つ東京に帰らなければ、とお母さんは思った。かっちゃんが生まれて、ちょうどひと月がたっていた。

相変わらず、かっちゃんはゲップをしない。でも大丈夫、たまったゲップはおならになって出て行くから、心配いらない。この前、先生がそういっていたのだから、間違いない。その同じ日に、先生の口から「良し」が出た。

まだ髪がほとんど生えていなくて、ほっぺたはザラザラで、ヒイーッと苦しそうに泣く。昼と夜は逆転したままで、太ももの赤いあざは、ひと月前より少しだけ大きくなっている。

だけど、お乳を上手に飲めるようになってきた。泣いてばかりだった夜の時間を、泣かずに過ごすようにもなってきた、とかっちゃんのお母さんは自分に言い聞かせている。

かといって、笑うわけではないし、しゃべったり、テレビを見たりするわけでもない。

そんな時のかっちゃんは、お母さんのひざの上で、お母さんの額の生え際あたりを、焦点の定まらない黒い目で、ただ、ぼんやりと見つめているのだった。

モグラハウスの扉

その男の人はモグラさんと呼ばれていた。工事現場の作業員だ。作業員は他にも数人いたが、わたしたちが顔と名前を覚えているのはモグラさんだけだった。

この妙なあだ名の由来については、わたしの知る限り二つの説があった。一つは本名が「おぐら」だから、というもの。友哉君は工事現場の前を通りかかった時に、おーい、おぐらー、と仲間の作業員からモグラさんが呼ばれているのをきいたといっていた。子供たちの誰かが「おぐら」と「モグラ」をきき間違えて、それがあだ名として定着していったという説。もう一つの説は、本物のモグラだから、というもの。これはモグラさん本人が主張する説でもあった。「どうしてモグラって呼ばれてるの?」と近所の子供たちにきかれたら、モグラだからだ、と胸を張ってこたえていた。「今は人間のかっこしてるけど、おれ、じつは本物のモグラなんだ。あのおじちゃんも、そのおじちゃんも」と、工事現場にいる他の作業員たちを指差し、「ここにいる人たちみーんなおれと同じ、モグラ族だ。おれたちこの下に巨大な巣を作るために、毎日こうやって道路を掘り起こしてるんだ」

一年生の栄太郎君とあやちゃんは、目をキラキラさせながらこの話をきいていた。

「モグラ族って、地底人みたいなの？」という栄太郎君からの質問に、モグラさんは「まあ、そんな感じ」とこたえていた。

モグラさんは、もうじき道路下に完成するという巨大な巣のことを、「モグラハウス」と呼んだ。

「これがモグラハウスの入り口だ」といい、周りを黒っぽい土に囲まれた、まだふたのついていないマンホールを指差した。モグラさんの説明によると、モグラハウスは地下二十階建て、部屋数は百。トイレも百。ハウス内には温泉、ボウリング場、トレーニングジムなど、さまざまな娯楽設備が整っているという。

「ボウリングしたい！」と栄太郎君がいった。

「いいよ。完成したらな」

「やった。ねえ、ファミコンはないの？」

「ファミコン？　あるよ」

「ファミコンとボウリングする！　いい？」

「いいよ」

「シルバニアは？」と、あやちゃんがきいた。

「シルバニアって人形か。ああ、あるよ」

「ぜんぶそろってる？」

「そろってるよ」

ゲーム部屋、おもちゃ部屋、温水プール、サッカー場、野球場……、モグラハウスには、とにかく何でもあるという。

「そんなのうそに決まってんじゃん」

一緒に話をきいていた二年生の友哉君が、あきれた顔をしていった。友哉君はこれまでにも、サンタクロースや魔法使い、座敷わらしに、鬼、コックリさん等々、一年生の二人が信じるものをことごとく否定してきた。否定するのは友哉君の趣味みたいなものだった。

わたしは小学三年生で、みんなのなかでは一番年上だった。一年生の二人と違って、サンタクロースも魔法使いも座敷わらしも信じていなかった。ボウリングにもファミコンにもシルバニアファミリーにも興味はなかった。当時、わたしの気になっていたことは、もし、モグラハウスに招待されたら、出入り口であるマンホールの内側の細いはしごを上手に降りられるだろうか、ということだけだった。

わたしたちは学童の帰りに必ず工事現場に立ち寄った。オレンジ色のフェンス越しに、工事のようすを飽きもせず毎日眺めた。モグラさんは話し相手になってくれる時と、くれない時があった。ドリルを手に作業している時は、どれだけ大声で叫んでもこちらを向いてくれなかった。機嫌の良い時にはガムをくれた。味はその日によって変わった。ブルーベリー味は大当たりで、梅味はまあまあ、ミントははずれだった。「筋肉さわらして」と頼むと、こころよく触らせてくれた。常にTシャツの袖を肩の上までまくりあげているのは、暑いからではなくて、道行く人たちに自慢の筋肉を見せびらかすためだった。本人がそういっていた。モグラさんは若かった。彼女募集中だった。

松永みっこ先生は、学童の先生だった。天然パーマの短い髪の毛をたくさんの銀色のピンで留めていた。上はいつも白の長袖ブラウスで、下は足首まである花柄のスカートをはいていた。子供の時にお母さんを病気で亡くしたらしい。小学校の近くの一軒家でお父さんと二人暮らしをしていた。学童では、よくお父さんの話をした。甘いものが大好きなお父さんは、好物の吾作饅頭《ごさくまんじゅう》を最高で三十個食べたことがあるそうだ。お父さんの話をする時、みっこ先生はいつも楽しそうに笑っていた。お父さんの話をしていない時も、楽しそうに笑っていた。怒っている時も笑っているように見えるのが、松永みっこ先生だった。

そんな先生の悩みは、親戚のおばさんから早く嫁にいけといわれることだった。恋人はいなかった。理想のタイプはなんとかいうアメリカの映画俳優だったが、わたしたちは誰もその俳優を知らなかった。

「知らない？　筋肉ムキムキの」といいながら、画用紙に絵を描いてくれた。みっこ先生は絵が得意ではなかったが、「こんな感じ」といって描き終えた上半身裸のその男の人は、モグラさんによく似ていた。

「モグラさんだ」ぽつりとあやちゃんがつぶやいた。

「誰それ？」みっこ先生がいった。

わたしたちはモグラさんについて知っている限りの情報を口にした。

「時々ガムくれるの」

「筋肉すごいよ」

「工事現場の人だよ」

「人じゃないよ。ほんとはモグラなんだよ」

「ばかだな、栄太郎。そんなのうそに決まってるだろ」

「うそじゃないよ。モグラさんが自分でいったもん。おれはモグラだって」

「だからそれがうそだっていってんの。ほんとばかなんだから」

「こら、友哉君。一回ばかっていうと、寿命が一秒縮むのよ。今二回いったから二秒縮んだわよ」

みっこ先生は自分の描いた絵に色エンピツで色を塗りながら、「みんな、工事中の看板がでてるところに近づいちゃだめよ。危ないからね」といった。「この絵欲しい人」誰も手を挙げなかったのでわたしが譲り受けた。

その日の帰り道、いつものように工事現場に立ち寄ったわたしたちは、今日、学童の先生が、モグラさんそっくりな男の人の絵を描いたことを、モグラさん本人に話した。わたしはランドセルのなかから実際にその絵を取りだして見せた。

「全然似てないね。おれのほうがカッコイイ」

モグラさんはそういったが、珍しくニヤニヤとしながら、「これ描いた女の先生ってどんな人？」といった。わたしたちは口々にみっこ先生について説明した。

やさしくて、明るくて、おもしろくて、字がきれい。学校の近くに住んでる。苗字《みょうじ》は松永だけど、わたしたちもわたしたちの親も、みんなみっこ先生と呼んでいる。お父さんと二人暮らし。筋肉ムキムキが好きで、いつも長いスカートをはいている。髪は短い。年はたぶんモグラさんと同じくらい。

「美人？」モグラさんがきいた。

少しの間が空き、「普通」と友哉君がこたえた。「目の下にホクロがある」

「ふうん」

その日、モグラさんはガムを一枚ずつくれた。はずれのミントガムだったので、からいのが苦手な栄太郎君はその場で食べずに制服のポケットに仕舞った。そしてそのまま忘れていたらしい。翌日の学童でみっこ先生に見つかった。

先生は栄太郎君のポケットからぽろりと床に落ちたガムを拾い上げ、「こらっ。だめじゃない」と頭をこづいた。栄太郎君はこづかれたところをぽりぽりとかきながら、「もらったんだもん」といった。

「誰にもらったの」

「モグラさん」

「またモグラさんなのね。知らない人から食べ物もらっちゃいけませんっていってるでしょう」

「知らない人じゃないよ。モグラさんだもん」

「モグラさんの誕生日は」

「知らない」

「ほらやっぱり知らない人じゃない」

「知ってるもん。毎日工事現場で会ってるんだから」

「それはどこの工事現場？　わたしの大切な子供たちにガムをあげないでくださいってお願いしといたほうが良さそうね。学校の近くなの？　誰か先生を案内してくれる人」

栄太郎君、あやちゃん、友哉君、わたしの四人が手を挙げた。

毎日一緒に帰っているメンバーだが、そこにみっこ先生が加わるだけで、いつもの帰り道が遠足の道中のような、ウキウキとした空気に包まれた。栄太郎君はみっこ先生と手をつないで歩き、モグラハウスがどれだけ魅力的なところか説明していた。

「まあ。地面の下にボウリング場が？」みっこ先生は目を丸くした。

工事現場に差しかかると、みんな一斉に同じ方向を指差した。

「あの人だよ」

オレンジ色のフェンスの向こうに、スコップを肩に担いで歩くモグラさんの姿があった。

「あの人なの？」

みっこ先生の動きが一瞬止まった。想像していた感じと違ったのか、「ぜんぜんモグラに似てないじゃない」といった。モグラに似てるなんて、誰もひと言もいっていない。

ほんとに？　ほんとにあのスコップ持ってる人？　そのあともみっこ先生はしつこいくらいに確認した。白いヘルメットの？　一番日焼けしてる人？　そして隣りを歩いていたわたしに顔を寄せ、「先生口紅ついてない？」ニッと歯を見せた。

口紅と、青のりのようなものがついていた。指摘すると、ブラウスの袖でごしごし前歯をこすり、もう一度ニッとした。

みっこ先生はスカートをぱんぱんとはたき、前髪を手でとかして背すじを伸ばした。栄太郎君が大きく手を振りながらモグラさんの名前を呼んだ。振り向いたモグラさんは、子供たちのなかに大人の女性がひとり交じっていることに気づき、一瞬、眉間にしわを寄せた。そのせいかいつもより恐い顔になった。

「先生連れてきたよ」栄太郎君がいった。

モグラさんはスコップを肩から下ろすと、とりあえず、といった感じでみっこ先生に無言でぺこっと会釈した。

みっこ先生は丁寧にお辞儀を返した。「学童の松永です」よそゆきの声だった。

「みっこ先生だよ」と栄太郎君がいった。

「ああ、へえ……」

モグラさんはあらためてみっこ先生の顔を見て、「どうも」ともう一度頭を下げた。

「この子たちがいつもお世話になっているそうで」みっこ先生がいった。

「いえ、そんな、お世話なんか」

「ご迷惑をおかけしてるんじゃないかと気になってたんです」

「いえいえ、大丈夫ですよ」

「ここのところ急に暑くなってきたから外でのお仕事は大変でしょうね」

ガムのことをいうのかと思っていたが、みっこ先生の口からでてくるのは関係のない話題ばかりだった。モグラさんはうつむき加減にはあ、とか、まあ、とか相槌《あいづち》を打っていた。みっこ先生のおしゃべりは続いた。

「それにしてもお若い方でびっくりしました。失礼ながら、わたし、この子たちの話からもっと年配の方を想像してました」

「そうですか」

「それにあだ名がモグラでしょう。どうしてモグラなんですか」

「モグラだからモグラなんだよ」と栄太郎君がいった。

「またいってる。ばかだなあ」友哉君がいった。

「こら」みっこ先生は友哉君をにらんだが、声はよそゆきのままだった。

「今は人間のふりしてるけど、ほんとはモグラなんだよね、そうだよね」

栄太郎君に見つめられ、モグラさんは頭をかきながら「いや、まあ、うん」とうなずいた。

「まあほんとに」みっこ先生がいった。

「うそに決まってるじゃん」と友哉君がいった。

「うそじゃないよ」と栄太郎君がいった。周りの作業員たちを指差して、「あの人もあの人もみんなモグラなんだよね」

モグラさんは周りを見回し、うなずいた。「そうだよ。みんなモグラだ」

「まあ。みなさんモグラで……」

みっこ先生はフェンスの向こう側にいる作業員たちを見回した。

「先生、まさか本気にしてるの？」友哉君があきれたようにいった。「信じちゃだめだって。モグラさんはふざけてるだけなんだから。うちのお父さんもモグラさんのいうことはでたらめだっていってるよ。モグラハウスなんかないって。この人たちはずっと下水道の工事をしてるんだって。工事が終わったらぼくんち水洗トイレになるんだって」

「あら、水洗に。いいわねえ」

「うちも来年水洗トイレになるよ」とあやちゃんがいった。「でもね、モグラハウスはあるって、お母さんいってたよ」

「ねえモグラさん。うそじゃないよね」栄太郎君はマンホールの穴を指差した。「あれがモグラハウスの入り口だよね。この下に、モグラハウスがあるんだよね」

モグラさんはうなずいた。「そうだよ」

「うそだ」友哉君がいった。

「ほんとだよ」

「じゃあ、モグラさんはこの下でご飯食べたりテレビ観たり眠ったりするってことだね」友哉君がいった。

「そう」モグラさんはうなずいた。

「どうやって寝るんだよ。地面の下で」

「ベッドで」

「ベッドがあるのかよ」

「あるよ。昨日運び入れた」

「うそだ」

「ほんとだって」

「どんなベッド。色は。形は。大きさは」

「特大のベッド。形は四角。シーツは水色」

「絶対うそ」

はい、はい、ストップ、ストップ、とここでみっこ先生が止めに入った。

「そんなにいうなら友哉君。先生が見てきてあげる」このおにいちゃんがうそつきかどうか、今から先生がたしかめてきてあげる。

そういうと、オレンジ色のフェンスに手をかけた。

みっこ先生はヨイショ、ヨイショ、といいながら、横並びに立つフェンスのうち一枚をじりじりと動かして、人ひとりが通れるくらいのすきまを作った。そこにするりと体をすべりこませると、モグラさんの前を横切り、ぽっかり口を開けたマンホールのそばに立った。スカートのすそが汚れるのも気にせずに、その場に両ひざをついてしゃがむと、モグラさんの顔をチラと見上げ、「いいですよね」といった。

「あ、ハイ……」

周りの作業員は気がついていなかった。みっこ先生は片足をマンホールの穴に差し入れると、躊躇《ちゅうちょ》するそぶりも見せずに、そのままスッ、スッ、とはしごを使って降りていった。顔だけわたしたちのほうを向いていて、見えなくなるまでニコニコと笑っていた。

みっこ先生の頭のてっぺんが完全に穴のなかに隠れると、急にあたりがしんとした。

モグラさんは真剣な表情で、立ったままマンホールのなかをのぞきこんでいた。わたしたちはフェンスの網目越しに、みっこ先生が消えていった穴の入り口を見つめていた。

数秒たった。

突然、「すっごーい」と足下から声がきこえた。

すごい、すごーい。ほんとにベッドが置いてあるー。テレビも大きいー。わあー。こっちはお風呂場だあー。広ーい。迷路みたーい。

わたしたちは息を呑《の》み、顔を見合わせた。モグラさんが穴をのぞきこみながらフフッと笑った。

みっこ先生は入っていった時とまったく同じ笑顔で穴からでてきた。

「ほんとにベッドが置いてあったの？」「広かった？」「何部屋あった？」「ぼくも見たい」「ボウリング場見た？」「ファミコン何台あった？」栄太郎君とあやちゃんから

の質問攻撃に、みっこ先生は乱れた髪をピンで留め直しながら、

「すごおーく広かったわよ。水色のシーツの、大きなベッドが置いてあった。モグラさんはあのベッドで寝るのね。他にもたくさん部屋があってとても数え切れなかった。栄太郎君が教えてくれた通りね。ゲーム部屋もお菓子部屋もおもちゃ部屋もあったわよ。もちろんボウリング場もあった。色んな色のピンがずらっときれいに並んでるの。木下ボウルより広かったと思うわ。隣りにはレストランもあったし、サッカー場も野球場もプールもあった。すべり台もブランコもあったし、とにかく全部あったの！　あー楽しかった。モグラハウスって天国ね」

といった。

栄太郎君が「ぼくも見たい！」といった。

「完成したらな。今はまだ作りかけだから」とモグラさんがいった。

「ねえ、ぼくの部屋ないの？　ぼくもモグラハウスに住みたいよ」

「いいよ。住みな」

「あたしも住みたい！」あやちゃんが手を挙げた。

「いいよ。住みな」

わたしは「わたしも！」といった。先ほどのみっこ先生を見る限り、心配していた

はしごの昇り降りはそれほど難しくなさそうだ。

「いいよ」とモグラさんがいった。

「みっこ先生は？　先生も一緒に住もうよ」

「うん、先生も一緒に住みたいわ」

「いいですよ」

「じゃあ、ぼくも……」と、最後に友哉君が手を挙げた。


翌日から、みっこ先生の姿をたびたび工事現場で目撃するようになった。時間帯は朝、小学校の登校時間中だった。わたしの顔を見ると近づいてきてニッと歯を見せた。

「ねえ、口紅ついてない？」

「先生なんでこんなところにいるの？」と訊《たず》ねると、うふうふふと笑った。理由は教えてくれなかった。

「きみたちの先生、毎朝何しにきてんの？」

と、モグラさんも不思議に思っていた。

「今朝もきてたぞ。そこの陰から、じーっとこっち見てた。ひと言もしゃべらないし、目が合うとそらすし、何なんだ一体」

みっこ先生は作業開始の八時半頃から昼すぎまで、ずっとフェンスの陰に立っているそうだ。

「見張られてるみたいで怖いんだけど」とモグラさんはいった。「工事なら順調に進んでるからご心配なくって伝えといてくれよ」

翌日の学童で、わたしはみっこ先生に、「工事は順調なんだって」と伝えた。「心配しないでくださいって。モグラさんが」

「あらー。ほんとに？」みっこ先生は嬉《うれ》しそうだった。

「だけど心配だわ。あの人いつもお昼は菓子パンなんだもん。体が資本の仕事なのに大丈夫かしら。もっとスタミナのつくもの食べたほうがいいと思わない？　お肉とか。ねえ、あの人の好きな食べ物って何だと思う」

「あの人ってモグラさん？」

「そうよ、モグラさん。あの人ご飯よりもパン派なのかしら」

「さあ」

「モグラさんはガムが好きだよ」そばで話をきいていたあやちゃんがいった。

「ガムね」みっこ先生は机に置いてあったメモ用紙を一枚ちぎり、ガムと書いた。

「ガム以外であの人の好きなものって何だろ」

「知らない。なんで？」

「今度、お弁当でも作って差し入れしようかと思ってるの。おかずは何がいいかしら。デザートはガムに決まりね」

ブルーベリー味にして、とあやちゃんがいった。みっこ先生はメモに書き加えた。

「ブルーベリーあじ、と」

「ウインナー入れたら。ウインナーおいしいから」と、栄太郎君がいった。

「ウインナーね。他には？」

「卵焼き」長机で本を読んでいた友哉君が顔を上げた。

「たまごやき、と……」

からあげ、ミートボール、ハンバーグ、コロッケ、スパゲティ、ポテトサラダ、みんなで自分の好きなお弁当のおかずをいい合った。みっこ先生はそれを逐一メモにとった。

「ありがとう、みんな。これ全部入れたらすごく豪華なお弁当ができあがるわね。早速明日作っちゃおうかしら」

「作って、作って！　そんで明日みんなでモグラさんにお弁当届けにいこうよ。モグラさん絶対喜ぶよ！」

と栄太郎君がいった。明日は土曜日で、授業は午前中で終わり、学童もお休みだった。

「そうね。それいいかもしれないわね。うん、そうしましょう！」

翌日、帰りの会が終わってから、みっこ先生と校門の前で待ち合わせをした。みっこ先生は体の前に大きな風呂敷包みを抱えて立っていた。学童の時と同じように、わたしたちの顔を見つけると、ひとりひとりに「おかえんなさい」といった。いつものシンプルなブラウスかと思いきや、よく見るとえりとそでにフリルが施されていた。

「からあげも卵焼きもコロッケもハンバーグも初めて作ったのよ。すごく楽しかったわ」ニコニコと笑ってはいるが、寝不足なのか目の下にくっきりと隈《くま》ができていた。

「お弁当見せてよ」わたしたちは口々にせがんだが、みっこ先生にしては珍しく、それをかたくなにはねつけた。ホコリが入るからダメ、つばが入るからダメ、指紋がつくからダメ、髪の毛が落ちるからダメ、といい、「ちょっと持たせて」と栄太郎君がいった際には重たいからダメ、といった。お弁当は三段重ねだった。

「先生口紅ついてるよ」あやちゃんが指摘すると、みっこ先生は前かがみの姿勢になり、腕とひざを使って風呂敷包みを支えつつ、袖口で素早く前歯をこすった。体を起こすと、再び大事そうに抱きしめて歩きだした。

工事現場に到着すると、ちょうど休憩中なのか、数人の作業員が地べたに座りこんで談笑していた。タバコを吸っている人や、おにぎりをほおばっている人、少し離れた場所で新聞を広げている人もいた。モグラさんは段差に腰かけてコッペパンのようなものをほおばっていた。隣りでしゃべっていた相手におい、と腕をこづかれ、顔を上げた。

おーい、モグラさーん。フェンス越しに手を振るわたしたちのことを、パンをくわえたまま、しばらく見ていた。

「モグラさーん。みっこ先生がお弁当作ってきたよー」

いってやれよ、隣りにいた作業員がモグラさんにいうのがきこえた。モグラさんは残りのパンを口のなかに押しこむと、ゆっくりと腰を上げ、少しだるそうな足取りでこちらに向かって歩きだした。

と同時に、みっこ先生はフェンスとフェンスのすきまに片足をねじこみ、無理矢理体ですきまを広げてなかに入った。そのようすを見たモグラさんが歩きながら何かいったが、口にパンを詰めているのではっきりとはきき取れなかった。モグラさんの前に立ったみっこ先生は、抱えたお弁当箱を胸の前で少し持ち上げ、「これ、作ってきました」といった。

モグラさんはごくんとパンを飲みこんだ。

「勝手に入ってこないでくださいよ。そこからこっちは進入禁止ですよ」

みっこ先生はうなずいた。

「よかったら、どうぞ」

みっこ先生が差しだしたお弁当箱を、モグラさんは受け取ろうとしなかった。何かいいたげな表情を浮かべていたが、フェンスの後ろにいるわたしたちが気になるのかチラチラと視線をさまよわせていた。

受け取ってやんなよー、とモグラさんの背後で声が上がり、笑いが起こった。

「食べてください！」

みっこ先生は頭を下げ、さらに両腕を伸ばした。その時だった。ななめに傾いた風呂敷包みの、結び目にはさんであった箸箱がスーッと動いて地面に落ちた。カン！と鳴って跳ねた拍子に箸箱のふたが外れ、なかにおさまっていた二本の白い箸が散らばった。一本はみっこ先生の足下に、もう一本は地面をコロコロと転がって、ぽっかりと口を開けたマンホールのなかに落ちていった。

何の音もきこえなかった。

「大変！　わたし拾ってきます！」

みっこ先生はマンホールにがばりと覆いかぶさるように手をついた。まるで穴に吸いこまれるように、すぐに下半身が見えなくなり、あっというまに全身が見えなくなった。

一瞬のできごとだった。モグラさんも、わたしたちも、周りの作業員たちも、ぽかんと口を開けてそのようすを見ていた。

すると年配の作業員がひとり、どこからかふらっと近づいてきて、ぼーっと立っているモグラさんに「おい、どうした？」と声をかけた。

「あ、監督」

モグラさんはマンホールを指差して、「ちょっと箸を拾いに……」といった。

監督と呼ばれた作業員の顔色がサッと変わった。モグラさんを押しのけると、マンホールのなかに向かって大声を張り上げた。

「何してるんだ！　上がってきなさい！　早く！」

すごい剣幕だった。

「早く！　上がりなさい！　早く！」

みんなが息を呑むなか、最初に口をひらいたのはあやちゃんだった。か細い声で、みっこ先生、といった。

「みっこ先生」

「みっこ先生！」

そこからは、友哉君も栄太郎君も、我を忘れたように叫び続けた。みっこ先生！早く！　早く！　上がってきて！　早く！

みっこ先生が再び地上に顔をのぞかせるまで、ずいぶんと長い時間がかかったように思った。ようやく顔を見せたみっこ先生は、とても悲しげな表情をしてこういった。

「なかったわ」

箸は見つからなかったようだ。

まっ白だったブラウスは、袖も背中もフリルの部分もあちこち黒く汚れていた。本当にすみませんでした、と監督にペコペコ頭を下げるたびに、髪の毛を留めていたピンがはずれ、豚のしっぽのような前髪がぴょこぴょこ跳ねた。みっこ先生が監督から説教されているあいだに、モグラさんは自分の持ち場に戻っていった。三段重ねのお弁当は、風呂敷をほどかれることのないまま、ずっと地面に置かれていた。

早く帰りなさいといわれたわたしたちだが、みっこ先生が解放されるまで近くの公園で待っていた。かくれんぼと鬼ごっこの繰り返しにいい加減飽き飽きしてきた頃、お弁当を抱えたみっこ先生がそろそろと公園の前の道を通りかかった。わたしたちに気がつくと、照れ臭そうに笑った。
「ねえみんな、お腹すいてない？」

みっこ先生の手作り弁当は全体的にしょうゆの味が濃く、少し焦げ臭かった。からあげはべちゃべちゃしていて、卵焼きには殻が入っていた。わたしの好物のポテトサラダはじゃがいもが硬くて噛《か》むとガリッと音がした。

だけどおにぎりはおいしかった。一番下の段には、鮭、梅、コンブの三種類の俵形おにぎりが詰められていた。正午をとうに回り、空腹だったわたしたちは夢中でおにぎりにかぶりついた。お腹が膨れたあとは、デザートのブルーベリーガムをくちゃくちゃ噛んだ。

帰りはみっこ先生がひとりひとりの家まで送ってくれた。公園に寄り道していて帰宅時間が遅れたことをそれぞれの親に謝るためだった。本当にすみませんでした、と、この日の先生はあちこちで頭を下げることとなった。

これが土曜の昼のできごとで、週末のあいだにモグラさんは姿を消した。

消えたのはモグラさんだけではなかった。モグラさんと一緒にいた仲間たちも、監督も、「工事中」と書かれた看板も、赤い三角コーンも、わたしたちがいつもそのすきまから顔をのぞかせていたオレンジ色のフェンスも。そこには何ひとつ残されていなかった。フェンスに囲まれていた場所だけ、アスファルトの色が変わっていた。そしてぽっかり口を開けていたマンホールには、ふたが取り付けられていた。

それは月曜日の朝だった。鉄製の丸いふたに施された細かい迷路のような模様をぼんやり眺めていると、背後から駆け足の音が近づいてきて、ヤッターといいながらわたしの横を通り過ぎた。いきおいがつきすぎたのか、栄太郎君はゴミ捨て場までいくと、また走って戻ってきた。

「ついに、モグラハウスが完成したんだ!」

栄太郎君はランドセルをそのへんに放り投げ、マンホールの上にしゃがみこむと、コンコンコン、とふたを叩《たた》いた。「おーい、おーい、モグラさーん」と呼びかけたが、返事はきこえないようだ。片側の耳をふたにピッタリとつけ、「寝てるのかな」といった。隣りに腰を下ろしたわたしに、栄太郎君はふたを指差して「いびきがきこえる」といった。

わたしは栄太郎君に場所を譲ってもらった。ふたに耳を寄せると、ごおーぐおーと、たしかにきこえた。

「ほんとだ」

「ね」

「きこえるね」

「きこえるでしょ」

「先生にもきかせてくれる」

いつからいたのか、みっこ先生が隣りに立っていた。ぺたりとその場にひざをつくと、わたしたちがしたように、マンホールのふたに耳を寄せた。

「あらほんと」口紅のついた歯を見せてアハッと笑った。「よく寝てるわ」

モグラハウスの丸い扉は、それからずっと閉じたままだった。


最初の頃、栄太郎君とあやちゃんは、学校の行き帰りに必ずといっていいほどモグラハウスの扉をノックし、モグラさんの名前を呼んでいた。おーい、モグラさーん、と大声で繰り返す二人の横顔は真剣そのものだった。自分たちの力でこじ開けようと、えんぴつやものさしで扉のふちをガリガリ引っかいていたこともあった。

えんぴつが折れるからやめなよ。ほら、車がくるよ。危ないよ。暗くなるからもう帰ろう。二人に帰宅を促すのはわたしと友哉君の役目だった。そしてこの役目は、思っていたよりも早く終了した。

わたしたちが注意しなくても、二人ともまっすぐ帰宅するようになったのだ。いくらがんばっても扉が開かないのでついにあきらめた、というのではなかった。あんなに夢中になっていたモグラハウスのことを、二人は日がたつにつれ、徐々に、そして確実に、忘れていったのだ。急がないとドカベン始まっちゃうよう、といいながら、足下の丸い扉を踏んづけて帰るようになるまで長い時間はかからなかった。

栄太郎君とあやちゃんだけではない、友哉君も、わたしも、みっこ先生も、いつのまにか誰も「モグラ」という単語を口にしなくなっていた。そして月日は流れ、わたしたちは学童保育を終了した。

モグラハウスの扉が開いたのは、小学三年生だったわたしがすっかり大人になってからのことだ。

地元の公立高校を卒業したあと、わたしはチェーンのスーパーマーケットで働きだした。職種はレジ打ち。十八歳の春から、ひたすらレジを打つ日々が始まった。

わたしのレジ打ちの遅さは有名だった。自分では急いでいるつもりでも、周りからはそうは見えないらしい。お客さんや上司からは、もっと速くできないかと毎日のように叱られた。やりがいを感じたことは一度もないのに、この仕事を辞めようと思わなかったのは、単に勇気がなかったからだ。上からいわれるがままに店舗を異動し、勤続十年目の年に自宅から一番近い店舗に配属された。この店で、わたしは、店員とお客さんというかたちで十数年ぶりにみっこ先生と再会した。

ひと目見た瞬間にみっこ先生だとわかった。向こうもわたしを覚えていてくれた。「全然変わってないわねえ。エプロンよく似合ってるわ」店のロゴが胸元にプリントしてある赤いエプロンを褒めてくれた。

みっこ先生こそ全然変わっていなかった。トレードマークだった天然パーマの短い髪には白髪が交じっていたが、声のトーンも、明るい笑顔も、歯についた口紅も、全部昔のままだった。足首まであるロングスカートをはいているのも、昔と同じだった。先生の手にした買い物かごには、牛乳一パックとトマト二個、チキン南蛮弁当が二つ入っていた。数年前にお父さんが体を悪くしたのをきっかけに外で働くのをやめ、自宅でできる仕事を始めたそうだ。先生、と呼ぶと、もう先生じゃないわよ、と笑った。わたしは一週間前にこの店に配属されたばかりであることを伝えた。みっこ先生は常連さんらしかった。明日もくるわね、といって帰っていった。

今度の店舗でもわたしはすぐに有名になった。大概のお客さんはイライラを隠そうともしなかった。面と向かって、遅い！　と文句をいう人もいるなかで、みっこ先生だけは、「急ぐ用事もないから」と、いつもわたしのレジに並んだ。牛乳とお弁当を二つ買っていくことが多かったが、甘いもの好きのお父さんのために、一袋八個入りのミニあんぱんを購入していくこともあった。

暑くなってきたわね、とか、このお惣菜《そうざい》おいしかったわ、とか、レジを打つ合間に簡単な会話をするのが楽しみだった。夕方から雨みたいよ、とか、明日は今日より五度も気温が上がるんですって、とか、先生はやたら気象情報に詳しかった。みんな元気？　ときかれたこともあった。みんなというのは当時学童で一番仲良くしていたあの子たちのことだろうと思ったが、わたしは彼らがどこで何をしているのか知らなかった。友哉君はたしか私立中学へ進んだはずだ。栄太郎君は高校生の時に一度電車のなかで見かけたが金髪になっていたので近づかなかった。あやちゃんはたしか小学校を卒業する前に引っ越したのではなかっただろうか。

今顔を見ても、お互い誰が誰だかわからないと思います、そういうと、みっこ先生は少し寂しそうな顔をした。

八月の第一週の月曜日。この日の目玉商品は八個入りのミニあんぱんだった。通常一袋二百五十円のところ、百九十八円という値段で売られていた。おひとりさま二袋までと決まっていたが、みっこ先生はレジに三回並んで六袋購入した。昼から雨だって、急いで帰らなくちゃ、といいながら、牛乳とあんぱんの詰まった袋を提げて帰っていった。

その三十分後くらいから、ポツポツと降り始めた。

時間がたつにつれ、雨脚は次第に激しくなっていった。わたしの退勤時刻が近づく頃には警報が発令されていた。帰り道はまるで滝に打たれているようだった。夜になっても一向に止む気配はなく、雷の音が気になって、疲れているのになかなか寝つけなかった。日付が変わる頃にようやく小降りになった。翌朝はきれいな青空が広がっていた。

まだ雨水の引いていない道を、この日は長靴を履いて出勤した。途中、保護者に付き添われて集団登校している小学生の列とすれ違った。ふいに列から飛びだした男の子を「そっちにいっちゃダメ！」と保護者らしき女の人が叱った。「マンホールに落っこちても知らないよ！」

朝、ラジオをつけるまで知らなかったのだが、昨日の雨の影響で道路が冠水し、町のあちこちにあるマンホールのふたが外れるという事態が起こっていた。通勤途中にあるいくつかのマンホールには、一メートルほどの高さの柵で囲いがしてあった。囲いに近づこうとして叱られた男の子の横顔は、どこか栄太郎君に似ていた。

自宅を出発して十分もたつ頃には、長靴を履いた両足が重たくなっていた。昨夜よく眠れなかったせいか、なんだか頭も痛いような気がする。腕時計を確認し、あと二十分は歩き続けないといけないとわかった時点で、疲れがピークに達した。

もう帰りたい、いっそずる休みでもしようか……、そんな考えが頭をよぎった直後だった。うなだれたわたしの目に、思いがけないものが飛びこんできた。


結局、ずる休みはしなかった。遅刻はしたが、この日もわたしはレジを打ったため出勤した。

雨水が引いたのは正午を過ぎた頃だった。ガラガラだった店内に、少しずついつもの活気が戻ってきたのは午後一時を回ってからだ。その三時間後には、一階の食料品売り場は値引き品目当てのお客さんで普段と変わらないにぎわいを見せていた。

みっこ先生は、牛乳とエビフライ弁当を二つかごに入れてレジに並んだ。

「お父さんが急にエビフライが食べたいっていいだしてね」

「わかります。エビフライって急に食べたくなりますよね」

お弁当には三割引きのシールが貼ってあった。もう少し待てば半額になるのだが、人気のエビフライ弁当は夜のタイムセールを待たずに売り切れる。

「晴れてよかったわ。昨日みたいな雨だったら買い物こられないもの。昨日大変だったんじゃないの？　無事に帰れた？」

「はい、なんとか。自転車だったんですけど、傘が役に立たなくてずぶ濡《ぬ》れになりました」

「まあ、そう」

「今朝は今朝で、家の前の道が冠水してたんで長靴を履いて歩いてきました」

「それはそれはごくろうさま」

「先生は大丈夫でしたか」

「ええ大丈夫。わたしは家にこもってるだけだから」

「じゃあ、大雨の影響でこのあたりの道路が冠水したの、ご存じないんですね」

「そうなんですってね。学校や会社がある人は大変だったでしょうね」

「雨水が大量に流れこんだせいで、マンホールのふたが外れたことも知らないんですね」

「まあ、そうなの。マンホールのふたが」

「そうなんです。水圧で」

「どこのマンホール？」

「あちこちのマンホールです」

ねえまだなの早くしてよ、とみっこ先生の後ろに並んだお客さんがいらだった口調でいった。

「あちこちって、どこなの?」

みっこ先生が心配そうにわたしの目をのぞきこんだ。

わたしはエプロンのポケットに手を差し入れた。

「先生に見てもらいたいものがあるんです」

わたしが取りだしたのは一本の箸だった。白い、プラスチック製の箸だ。

みっこ先生はそれを両手で受け取ると、自分の目の高さまで掲げた。

「これ、一体どうしたの」

「朝、ここへくる途中で拾ったんです。二丁目に大きな郵便局がありますよね。郵便局の前の道の側溝の金網に、木の枝や葉っぱなんかと一緒に引っかかってたんです。あの、これって、もしかして」

みっこ先生は震えながらうなずいた。「ええ、そうよ」

「やっぱり」

やっぱりそうだった。ひと目見た瞬間にそうじゃないかと思っていた。わたしが今朝、偶然拾ったのは、その昔みっこ先生がモグラハウスのなかに誤って落としたお弁当用の箸だった。あの時はあいにく見つからなかった、プラスチック製の白い箸だ。

ずっと、モグラハウスのなかにあったのだろうか。

無言で手のひらの上の箸を見つめるみっこ先生に、わたしは訊ねた。

「……先生。ここにくる途中、モグラハウスの前を通りましたか？」

「通ってないわ。反対方向だもの。あなた通ったの」

「通ってません。反対方向ですから」

わたしたちは黙って見つめ合った。

「他には？」とみっこ先生がいった。「他には拾わなかったの？」

「箸だけです」

「よく探した？」

「探しました。二丁目と、三丁目の側溝も点検しながら歩いてきました。それで二時間遅刻しましたから」

「ボウリングのピンはなかった？」

「わたしが探した場所にはありませんでした」

「ファミコンは？　シルバニアは？」

「ありませんでした」

「野球のボールやサッカーボールは？」

「すみません、ありませんでした」

みっこ先生の呼吸がだんだん荒くなっていった。

「テレビは？　プールは？　ブランコは？」

「先生、大丈夫ですか？　ちょっと落ち着いて」

「ベッドは？　大きなベッド。水色のシーツがかかってる。あの人は毎日あのベッドで寝てたのよ」

「落ち着いてください、先生」

「あの人は、あの人は、今どこにいるの。まさか寝てるあいだにベッドと一緒に流されて」

「落ち着いてください！」

「探しにいかなくちゃ」

とみっこ先生がいった。

「今すぐ探しにいかなくちゃ」

「待ってください！」

わたしはみっこ先生の腕をつかんだ。

「探すってどこをですか。ちょっと落ち着いてください。いいですか、もし、もしですよ、もし仮にモグラハウスが冠水したとして、昨夜のうちにハウスのなかのものすべて流されたんだとしたら、このあたりをいくら探したってもう遅いと思います。何も見つからないと思います」

「これが、お箸が、見つかったじゃない」

「箸はたまたま引っかかってただけです。水の流れは速いですから、すでに河口付近か、もしかするとその先の海まで流されていったかも」

「海？　海なんかどこにあるの？」

　みっこ先生はきょろきょろと周りを見回した。

「どこって……、えーと、ここからだと西の方角に五十キロくらいでしょうか……」

「どうやっていけばいいの。バス？　電車？」

「バスと電車を乗り継いでいくしか……。ちょっと待ってください、まさか探しにいくつもりですか」

「あたりまえじゃない。今からいかないと日が暮れちゃうわ。ねえ何時のバスに乗ったらいいの？」

「無茶ですよ！　片道二時間はかかるんですよ。帰りが遅いとお父さんが心配します。

ほら。エビフライ弁当は」

「平気よ、あんぱんたくさん買ってあるから。そんなことより何時のバスなの」

「いやでも」

「もういい。走っていくわ」

「ちょっと待ってください。海にいっても見つかるかどうかわかりませんよ。見つからないかもしれないんですよ。それでも探しにいくつもりですか!」

わたしが何をいっても無駄だった。みっこ先生はすでに走りだしていた。

「待ってくださいってば! 先生! 先生!」

その時カランカランカランカランと鐘が鳴った。夕方のタイムセールが終わり、夜のタイムセールに突入する合図だった。いらっしゃいませいらっしゃいませいらっしゃいませ、調子に乗った店長のだみ声が、大音量で店中に響き渡った。わたしたちレジ係にとって、これから一日で最も忙しい時間帯がやってくる。すでにどこのレジにもずらりと長い列ができていた。

幸い、わたしのレジだけ誰も並んでいなかった。

わたしはそっと店の外にでた。

みっこ先生の背中が数十メートル先に見え、そしてすぐに追いついた。

「わたしもいきます」

わたしたちは横並びになり、沈みかけの太陽の方角に向かって走っていった。

父と私の桜尾通り商店街

年明けに、父と一緒に父の故郷の津山《つやま》に行った。津山の家には九十歳になる祖母と三毛猫のちゃまがいる。私は祖母の浮腫でふくらんだ足をさすりながら、近々ここに引っ越してくることになったと伝えた。祖母はわかっているのかいないのか、にこにこしながらうなずいていた。猫のちゃまがニャーニャー鳴きながら私のひざにすり寄ってきた。右手でちゃまの背中をなで、左手で祖母の足をさすりながら、テレビのものまね特番を見ていた。笑った拍子に手に力が入ってしまい、祖母の右のふくらはぎが私の指のかたちにくぼんだまま戻らなくなった。父を呼びに行こうとしたが、隣りの部屋でヘルパーさんと話し込んでいる最中で、声をかけられなかった。年末に風邪を引いた父の声はガラガラだった。……ええ、……商売はもう……、ゴホッゴホッおふくろの足もあれですし……、ゲホン失礼。……畑のこともありますしね……しかしわたしも年でして……、……アハハ……、会話は父の人生相談のような内容だった。ヘルパーさんはへえ、と、はあ、しか言っていなかった。

ちゃまと遊んでいる間に父の人生相談が終了し、ヘルパーさんは帰っていった。私と父もその日の午後に津山をあとにした。帰り際に確かめてみると、指のあとがくっきり残っていた祖母の足は、いつのまにかくぼみが消えて元の状態に戻っていたので安心した。

津山から遠く離れた桜尾《さくらお》通り商店街で、私の父は小さなパン屋を営んでいる。商店街の人たちの言う「パン屋」とは父のことだ。私は「パン屋の娘」で通っていた。一階が店舗で二階が住居。トイレとお風呂は二階にある。一階には大きな冷蔵庫があり、二階には家庭用の小さな冷蔵庫と狭い台所がある。部屋は父と共有している。仕切りはカーテンだ。

駅前の横断歩道を渡ってすぐのところから、桜尾通り商店街は始まっている。アーケードの入り口をくぐり、まっすぐ歩いて西の一番はずれ、出口の際のところに私の家はたっている。母は私が三つの時に出て行った。詳しくは知らないが、当時の振興組合の理事長だった男と不倫した挙句、かけおちしたと同級生たちが噂しているのを聞いたことがあった。父はこの騒動をきっかけに組合から抜けた。桜尾通り商店街振興組合の人たちは、定期的にバーベキュー大会やクリスマス会を開いたり、まとまった休みにはみんな一緒に温泉旅行に出かけたりするのだけど、身内が騒動を起こした上に、組合員ですらなくなった父に誘いの声がかかることはなかった。子供の私も商店街を歩いているだけで白い目で見られて指を差された。私と同じように、親が桜尾通り商店街のなかに店をかまえている子供たちには、汚い、まずい、あそこのパン屋はねずみが出るなどと、店の悪口を言いふらされた。私は商店街を歩けなくなった。駅に行きたい時は、一階の裏口から外に出て共同のゴミ置き場のなかを横切り、昼間でも薄暗い道を東に向かって進むという行き方だった。駅を通り過ぎて更に十五分歩いたところに大きなスーパーがあったので、ものを買いたい時はそこを利用した。組合が隔月で発行している「さくらお通信」も私の家のポストにだけ投函されない。だからいつも共同ゴミ置き場に捨てられているのを拾ってきて読んだ。真面目で小心者の父には、私など想像もできないほどの苦労があったのだと思う。父の口からそろそろ店をたたんで津山に帰ろうと思うんだ、と聞かされたのは、去年のクリスマスだった。

ただし、今すぐにというわけにもいかなかった。小麦粉もバターも塩も砂糖もまだたっぷり残っていたし、すでに注文してしまった分もあった。捨ててしまうのももったいないので、材料が尽きるまでの間、もう少しだけふんばろうと思う、と父は言った。私は材料なら全部捨ててしまってもいいのに、と思った。父が焼いたパンの半分以上は、売れ残って結局捨てられる運命にあるのだから。

思ったけど言わなかった。最後はずっとこの店を守り続けてきた父の好きなようにさせてあげるのが一番だと思い、従うことにした。翌日二十六日から、店じまいへ向けてのカウントダウン営業が始まった。

だけど三日経っても四日経っても、粉もバターも砂糖も、一向に減っていかないように見えた。年季の入ったオーブンは頻繁に故障する上に、父は仕事中に何度も休憩をはさむので、作業がスムーズに進まないのは仕方なかった。

最初は店じまいの日まで休みなしだと言っていたのに、年末に父が風邪を引いて二日間休業し、年が明けても風邪が治らないので結局お正月休みをとることになり、津山へ行っていたのも合わせると十日間休んだ。

津山から戻ってくると、作業のスピードは更に落ちた。父は元々丈夫なほうではないけれど、年末に引いた風邪のせいなのか、ひと回り体が小さくなったように見えた。ちょっと横になってくる、と言って二階へ上がり、その日はそれっきり降りてこないということも何度かあった。いつもの十倍の量の粉を間違えて注文していたことがあとになってわかった時には、業者に送り返すように言ったのに、やけを起こしているのか「大丈夫だ」の一点張りだった。父本人にも、一体いつ営業終了の日が訪れるのか見当がついていないのかもしれない。私がたずねても、もうすぐだ、としか言わなくなった。

それでもなんとか、ひとりでこつこつと売れないパンを焼き続けた甲斐《かい》はあって、少しずつなくなっていく材料に比例して、店の棚からはパンの種類がひとつ、またひとつと消えていった。

とうとうコッペパンしか店の棚に並ばなくなって数日が経《た》ったある日、私の前にひとりの女性が現れた。


その日の朝は、この冬一番の冷え込みを記録していた。私は足元の電気ストーブでつま先をあたためながら、さくらお通信を読んでいた。

今号の特集記事のタイトルは、未来の店長大集合！　だった。笑顔満開さくらおっ子！　両開きの紙面いっぱいに桜の木が描かれていて、大きな花びらのひとつひとつに子供たちの顔写真がプリントしてあった。真島雄大《まじまゆうだい》くん（肉の真島屋・小6）、桧《ひ》垣《がき》ゆりちゃん（ヒガキ堂薬局・小6）、桃井《ももい》ことみちゃん（ブティックMOMO・小3）、田島賢人《たじまけんと》くん（田島商店・小4）……。

記事に集中していたためか、お客さんが入ってきたことにしばらく気がつかなかった。すみません、と声をかけられてようやく気がついた。顔を上げると黒縁めがねにマスク姿の女性が立っていた。頭にはピンクの小花柄のスカーフがぐるっと巻きつけてあり、あごの下で結んであった。

これください、と差し出されたトレーにはコッペパンが一つのっていた。私はさくらお通信を一旦テーブルの脇に置いて立ち上がった。

「八十円です」

女性は腕に下げていた布製の白いバッグのなかに手を突っ込んでしばらくごそごそかき回していたが、ふいに手の動きを止めて顔を上げた。

「……すみません……」

「はい」

「……お財布持ってくるの忘れてしまいました……」

こちらを見つめる目がうるんでいて、とても悲しげに見えた。

「いいですよ」

「え?」

「持っていっていいですよ」

「え?」

「いいですよお金」

「い、いえそんな。払います。お財布を取りに帰りますから」

「ほんとにいいですよ。どうせ売れ残りますから。どうぞ持って帰ってください」

「いえ、でも……」

コッペパンを紙袋に包み、手渡した。女性は手のなかのコッペパンを見つめて「でも……」と困ったように繰り返していたが、私が再びいすに腰掛けてさくらお通信をめくりはじめると、すぐにお金持ってきます、と言い置いて、店の外へ出て行った。

その日はそれきり戻ってこなかった。

翌日、私はコッペパンを渡したことなどすっかり忘れていた。店のガラス扉が開き、昨日と同じいでたちのお客さんが入ってきたのを見て思い出した。

「あ、昨日の」

「昨日は大変失礼いたしました。お代、持ってまいりました」

「ほんとにいいのに」

「昨日、あのあとお財布持って伺ったのですけど、すでにお店が閉まってまして……」

「そうだったんですか。すみませんわざわざ」

昨日は父の体力が尽きたのが昼の一時だったので、その時間に閉店となったのだ。

「ありがとうございました。おいしくいただきました」

女性は丁寧にお礼を言うと、私の手のひらにそっと八十円を置いた。色白でふっくらとした指先が、小銭と一緒に一瞬だけ触れてすぐに離れた。

ありがとうございました。おいしくいただきました。

長年ここでレジの番をしているけれど、どちらも初めて耳にした言葉だった。ほんとかな。

小さなひとりごとのつもりでつぶやいたことが、女性の耳に届いてしまった。女性は、ほんとうです、とこたえた。

「おいしかった、ですか」

と、今度は直接聞いた。

「はい」

「だってあれ味ないでしょう」

女性は少し戸惑ったようすで、それはまあ、コッペパンですから……、でも小麦の風味が……と言った。私がしつこく、

「だってあれなかに何も入ってないでしょう」

と言うと、何かおかしかったのか、クスッと笑った。

「……そうですね。シンプルなパンですね」と言った。「でも、味はあります」

「私あのパン食べる時はなかにイチゴジャムとマーガリンをはさんで食べますよ」

「あら、そうですか……」

「イチゴジャムとマーガリンをはさんだらおいしいですよ。今、食べてみますか？」

「い、いえ、いえ」

「ちょっと待っててくださいね」

私は棚からコッペパンを一つ摑《つか》むと急いで階段を駆け上がり、冷蔵庫からジャムとマーガリンの容器を取り出した。包丁で腹のところを割いてマーガリン、ジャム、の順に塗ってから、急いで一階に戻った。

「どうぞ」

女性は目の前に差し出されたジャム＆マーガリンパンを、きょとんとした目で見つめていたが、突然クスクスと笑いだした。そして、「どうもありがとう」と言い、両手でパンを受け取った。

自分の咄嗟《とっさ》にとった行動が今更おかしくなってきた。相手のクスクス笑いにつられるように、私も一緒になって笑った。一日で二度もありがとうと言われて照れくさかったこともあった。下を向いたまま笑い続け、しばらく止めることができないでいた。

すると、今度は私の笑い声につられたのか、一旦止んでいたクスクス笑いがまた始まった。ふふふふふ、クスクスクスクスクスクスクス。

二人でひとしきり笑ったあと、女性が気をとりなおすように小さく深呼吸をして、言った。

「では、半分食べてくれますか？」

「食べます」

パンを半分にちぎり、片方を私にくれた。そして昨日も今日も顔の半分を覆っていた白いマスクをさっとはずした。ふっくらした頰に小さな鼻、赤い唇が現れた。その口を大きく開けて、ぱくっとパンにかぶりついた。

「ジャムたっぷりでおいしい」

女性はおいしそうに目を細めた。

私もひと口食べた。

「おいしい」

「ね」

一番おいしい、と思った。ゆっくり味わって食べた。

「おいしかった。ごちそうさまでした」

女性は食べ終わるのが早かった。

「まだいりますか？」

「もうじゅうぶんです。お腹いっぱい」

「じゃあ持って帰りますか？」

「も、もうほんとうに」

「ちょっと待っててくださいね」

今度は二つ摑んで二階に上がった。たしか缶詰がしまってある引き出しに未開封のはちみつが入っていたはずだ。冷蔵庫にウインナーもあった。さっきと同じように包丁でパンの腹を割き、片方にはマーガリンとはちみつをはさみ、もう片方にはウインナーをケチャップで炒めたものをはさんだ。自分では急いだつもりだったけど、炒めるのに思ったよりてこずった。もう帰ってしまったかもしれないと思いながらも一階に戻ったら、まだ待っていてくれた。

「これどうぞ」

息を整えながら、二つのコッペパンがのぞく紙袋を差し出した。

「あの……」

「あげます」

「い、いただくわけには」

「こっちがはちみつでこっちがウインナーです」

「……ではお金を、払います」

「お金はさっきもらいました。これはおみやげだから」

だけど……と女性が言いかけたその時、後ろでガラガラガッシャンと派手な音が鳴り響いた。父のいる焼き場のほうからだった。

「なんか落ちたかな」

「なんでしょう……？」

「ちょっと見てきます。それ持って帰ってくださいね」

「はあ、あの、でも……」

厨房《ちゅうぼう》に回ってみると、驚いたことに父がオーブンの前でうつ伏せになって倒れていた。呼びかけると、弱々しいながらも反応はあった。救急車を呼ぼうと立ち上がると、私の足首を摑んでかすれた声でしきりに「大丈夫だ」と言う。とりあえずいすを何脚か運んできて並べ、その上に父を寝かせて様子を見ることにした。

一時間くらいだろうか。薬を飲ませたり、うちわで扇いだりしているうちに、だんだん顔色が戻ってきた。立ち上がれそうだったので、あらためて二階に布団を敷いて、そこに寝かせた。そのあと、散乱していたボウルやふるいを片付けた。片付けるのだけで更に一時間かかった。店番用のいすをレジのところに戻しにいった時、女性はまだ同じ場所に立っていて何か言いたそうな顔をしていたが、全部の片付けが終わって店の鍵を閉めにまた戻った時にはもういなくなっていた。この日の閉店時刻は午前十一時半だった。


夕方になって、二階の布団で休んでいた父が起きてきた。

「起きていいの？」

「ああ、もう大丈夫」

「まだ寝てたらいいのに」

「なんだか腹減っちゃってな。ハハハ……」

笑顔が見られたのでホッとしたけど、顔色はまだ少し悪かった。お腹がすいたと言っていたわりには、夕飯のシチューを半分以上残し、また布団にもぐってしまった。

お父さん、とカーテン越しに声をかけると、……ああ、と弱々しい返事があった。

「明日店休む？」

「……いや、やるよ」

「あんまり……

「平いなら明日にでもやめたっていいんだよ」

「……まだ材料が残ってるだろ」

「お父さんは真面目すぎるよ」

「…………」

「ねえ」

「……電気、消してくれるかい。あとテレビの音もう少し小さくしてくれるか」

「……このくらい？」

「ありがとう」

「おやすみなさい」

「……おやすみ」

　夜中、デスクライトの明かりでさくらお通信の続きを読んだ。

……池松《いけまつ》翔《しょう》くん（いけまつ靴店・小4）、深川《ふかがわ》真奈美《まなみ》ちゃん（深川惣菜《そうざい》店・小4）、南《みなみ》みずほちゃん（インテリアの南・小1）、青井《あおい》慎一郎《しんいちろう》くん（魚青・小2）、神田《かんだ》仁志《ひとし》くん（神田学生服・小5）……。

ページを開いたままうとうとしていると、頭の上のほうでカタカタカタッと音が鳴った。カタカタカタ……。

……今日はねずみの運動会です……。

まだ元気だった頃の父が、ほとんど眠りかけている私の頭の片隅でしゃべりはじめた。

……位置についてよーいどん。さっそく飛び出しましたのは白組チュー太郎選手です。はやいはやい。さすが村尾ベーカリーのエースであります。おーっとあとを追うのは紅《あか》組チューの助選手。スマートな彼は女の子からも人気です。チューの助せんぱいがんばってー。チアガールのチュー子とチュー美の声援に後押しされるようにチューの助選手が、今、チュー太郎選手に並びました——アッころんだ。チューの助選手よそみした拍子にバランスを崩し……。

子供の頃、天井裏がうるさくて眠れないとぐずる私に、父は得意の実況中継を聞かせてくれた。運動会だけじゃなく、ねずみの結婚式、ねずみの遠足、ねずみのお誕生日会、と、屋根裏では様々な催し物が開かれた。父の実況中継を聞いているうちに、なり、ゆるやかに眠りの世界へと吸い込まれていった。私たちがここからいなくの声もなくなるのだとしたら、チュー太郎たちはどこでどんなふうに暮らしていくのだろう。

気がつくと運動会は終わっていた。点《つ》けっぱなしになっていたライトを消して布団にもぐると、カーテンの向こう側から父の小さな寝息が聞こえた。

翌日、父はいつもと同じ時間に起きてコッペパンを焼いた。昨日たっぷり寝たから調子がいいんだと言う通り、朝ごはんも残さず食べたし顔色も元に戻っていた。

私もいつもより早く起きた。まだ店に並べる前のコッペパンのなかから見た目がいいのを五つ選んで、二階に持って上がった。

一つ目のパンにはイチゴジャム&マーガリンをはさんだ。二つ目には昨夜の残りのシチューの具をはさみ、三つ目はウインナーのケチャップ炒めと、冷蔵庫にレタスもあったのでレタスも一緒にはさんだ。四つ目は昨日店を閉めたあとにスーパーに行って買ってきたピーナッツバターをはさんで、五つ目は残しておいた朝食のハムエッグにマヨネーズをかけて、それを半分に折りたたんではさんだ。

五種類のサンドイッチが完成した。

昨日きた女性。あの人がおみやげに渡したサンドイッチを気に入ってくれて、今日もまた店を訪れるかもしれないという予感がかすかにあった。

もしそうなった時にバタバタしないために、前もって準備しておいたのだ。昨日みたいに一緒に食べることになれば、今度は立ちっぱなしではなくて、ちゃんといすを用意して、飲み物も用意して、昨日聞けなかったこと、たとえば趣味や好きな食べ物や好きなテレビ番組についてたずねてみたかった。もしこなかったらその時はその時で、用意したサンドイッチは父と私の昼食にしたらいい。

店のガラス扉が開き、あの女性が顔をのぞかせたのは、正午まであと五分というところだった。

昨日も一昨日も午前中の早い時間にきたから、昼まで待ってみてこなかったら食べてしまおうと思っていたところだ。その姿が目に飛び込んできた瞬間、私は座っていたいすから元気いっぱい立ち上がって、

「いらっしゃい！」

と、言っていた。

いらっしゃいという言葉を口にするのは、長年レジの番をしていて初めてのことだった。

「こんにちは。昨日はごちそうさまでした」

女性は出入り口のところに立ち止まって深々と頭を下げた。

「いえいえ。そんな」

昨日、一緒にパンを食べて幾分打ち解けたつもりでいた私は、そのあいさつの仕方に少しだけ距離を感じた。さっきのいらっしゃいが急に恥ずかしくなってきた。

女性は私のいるレジのほうへゆっくりと近づいてきた。

「今日もサンドイッチありますよ」

女性はわずかに微笑んだ。昨日と表情が違って見えるのは、めがねもマスクもしていないせいかもしれない。

「今日は、ごあいさつに伺いました」

と、言った。

「ごあいさつ？」

「はい。じつはわたくし、近々パン屋をオープンすることになりまして。その、こちらの、桜尾通り商店街に」

「商店街に？」

「はい。すでに工事が始まっておりますのでご存じでいらっしゃるかと思います。駅前の横断歩道を渡ってすぐのところです。元は酒屋さんだったとか……」

「知りません」

「……お隣りはお花屋さんで」

「全然知りません」

裏の道しか歩かない私には知る由もなかった。前回、商店街のなかを歩いたのはいつだったかすら覚えていないのだ。元は酒屋と言った。酒屋の息子なら同級生にひとりいた。たしか小学校の一、二年と同じクラスだった。宮村陽太郎《みやむらようたろう》くん(宮村酒店・小1)。手足が細くておとなしい子だった。他の子と一緒になってうちの店の悪口を言うようなこともなかった。昔、一度だけ店にパンを買いにきてくれたこともあった。

「もっと早くにお伝えするべきでした。ごあいさつが今日になってしまい、大変申し訳ありません」

「はあ……」

「いつ言うべきかと思っていたのですが」

「あの……」

「はい」

「そんなことよりサンドイッチ食べませんか。今朝作ったんです」

「……いえ……結構です」

「じゃあ持って帰りますか？　紙袋に入れてきます」

「本当に結構です！」

本人も自分の声の大きさに驚いたようだった。紙袋を取りにいこうとしていた私が足を止めて振り向くと、口元を手で押さえ、すみません、と言った。

私たちは無言で向かい合った。一緒にパンを食べて笑い合ったのは本当に昨日のことだっただろうか。夢のなかのできごとか、はるか昔のことのように感じる。

「……今日はめがねかけてないんですね」

「あれは……すみません、変装のつもりでした」

「変装」

「ごめんなさい。わたくし、さきほど嘘をついてしまいました。本当は、同業者であることは隠しておくつもりだったんです。組合の理事長さんから、こちらのお店はわたしのお店がオープンする前に商店街から撤退するとお聞きしたものですから。それならわざわざ顔を合わせることもないだろうと……。でも、どうしても気になったんです。長年地元の方々から愛されてきたパン屋さんってどんなのだろうと思って。それでスパイみたいな真似を」

「ちょっと待ってください。この店べつに愛されてません。この辺の人たちはうちの店にきません。たまたま何かの用事でこの近くにきた人が気まぐれに立ち寄って一個か二個買っていくくらいです」

「……そうですか」

「あと、この辺の人でいうなら足の悪い年寄りなんかもたまにきますけど」

「お年寄りがこちらのお店の紙袋を提げていらっしゃるのよく拝見します」

「でしょ？　若い人はきません」

「……ごめんなさい、一度だけ、のつもりだったんです。一般客のふりをしてパンを買いにきたのが一昨日のことです。まさかお財布を忘れるとは思っておりませんでしたが……。昨日、代金をお渡ししたらすぐに帰るべきでした。それなのにわたしったらパンをごちそうになった上におみやげまで頂いて……」

「……あれおいしかったですか？」

「とてもおいしかったです。ごちそうさまでした」

「ほんとに？」

「はい」

「ねえねえ、とりあえず座りませんか。何か飲み物持ってきますんで」

「いえ、もうこれで失礼します」

「待ってください。じゃあやっぱりおみやげ持って帰ってください。今日もウィンナーのサンドイッチありますよ」

「……ごめんなさい」

「それとはちみつはないけどピーナッツバターのサンドイッチならありますよ。ピーナッツバター好きですか？」

「わたし、ほんとうに失礼します……」

「一瞬だけ待ってください。すぐ取ってきますから」

私は大急ぎで二階に駆け上がり、テーブルに並べて置いておいた五種類のサンドイッチを次々紙袋のなかに入れていった。前もって準備しておいたおかげで三十秒とかからなかった。

だけど、店に戻った時にはすでに女性の姿はどこにもなかった。

あの女性のために用意しておいた五種類のサンドイッチは、結局一つを自分で食べて、残り四つは他のコッペパンと一緒に店の棚に並べた。

私が食べたのは昨夜の残りのシチューの具をはさんだものだった。鶏肉は硬く、きのこは水っぽかった。シチューのルーがしみこんだパンは時間が経ってべちゃべちゃになっていた。がまんして食べていたけど、とどめになかから髪の毛が出てきた。私と父は似たような髪型をしているが、昨夜シチューを作ったのは父なのだから父の髪の毛に違いなかった。食欲がないから昼食はいらないと言って二階で横になっていた父を起こしに行き、現物を見せて二度とこんなことがないようにとお願いした。もしこれをあの人が口にしていたらと思うとぞっとする。父は今後、パン作りの時と家の食事作りの時は必ず帽子をかぶると約束した。

髪の毛入りのサンドイッチを持たされたのでは、二度とうちにきてくれなかっただろう。そういう意味ではおみやげを受け取ってもらわなくてよかったのではないか。ぎりぎりのところで危険回避できたと思えば……。

もし次回があるのなら、今度はもっとできの良いサンドイッチをあの人に渡したい。具は何がいいだろう。ウインナーの代わりにハムにするとか。ハムとレタスとゆで卵。はちみつがおいしかったと言っていたからはちみつ&マーガリンは絶対。買ってこないといけないけどクリームチーズもおいしい。ブルーベリーのジャムもおいしい。ベーコンとトマトの組み合わせ、おいしい。ポテトサラダおいしい。シーチキンおいしい。サラミもいい……。

そんなことを考えていると、本当にまたここにきてくれるような気がして、徐々に父への怒りもおさまっていった。棚に置いておいた残り四つのサンドイッチは、いつのまに売れたのか、気がつくと四つともなくなっていた。

次の日も私は早起きをしてサンドイッチを作った。

午前中、ひとりのお客さんから「今日は目玉焼きのサンドイッチないんですか？」と聞かれた。一瞬何のことかピンとこなかったけど、昨日いつのまにか売れていた四つのうちの一つのことだ。今日はないです、と言うと、「じゃあ明日またきます」と言って何も買わずに出ていった。そのあと、三日に一度は買いにくる腰の曲がったおばあさんが今日もきて、「ジャムが入ったの、ちょうだい」と言った。ないです、と言うと、なかに何も入っていない普通のコッペパンを二つ買っていった。この日私が用意していたのは、ハム&チーズ、やきそば、つぶあん&マーガリン、ウインナーとキャベツと玉ねぎの炒めもの、チョコクリーム、の五種類だった。火を使うものは父が作ったが、帽子だけでは不安なので、まずネットをかぶってからその上に帽子をかぶってもらった。午前中いっぱいはあの人がくるのを待って、正午を過ぎたら自分たちの昼食にするつもりで二階の食卓に並べておいた。

正午を過ぎ、一時を回ってもあの人はこなかった。

父にサンドイッチをすすめると食欲がないと言った。私も別に欲しくなかったので、結局全部店の棚に並べることになった。

その日の閉店時刻三時四十五分までにサンドイッチは五種類とも売れたけど、あの人は最後まで現れてはくれなかった。

翌日も、その翌日も、そのまた翌日も、私はサンドイッチを作り続けた。店にいる時、テレビを見ている時、夕飯を食べている時、トイレのなかや布団のなかで、気がついたら明日は何をはさもうかそればかりを考えるようになっていた。次々色んな組み合わせが浮かぶのでその都度メモに書いて父に渡した。少なくとも毎日五種類は用意したかったが、父の体力が追いつかなかったり、試作品ができても味がまずかったりして日によって三種類になることもあった。スーパーの特売日などで材料をつい買いすぎてしまった時には、同じ具のサンドイッチが十個できてしまうこともあった。

私がどんなに早起きしてあの人のためにサンドイッチを作っても、それをあの人が口にすることはなかった。いつのまにか増えたお客さんは、あの人が食べるはずだったサンドイッチを手に取りうれしそうにレジに並んだ。もっと数を増やせとか、営業時間を長くしろとか、コンビーフのサンドイッチは毎日置いてほしいとか文句を言ってくる人もいたけど、父の体調のこともあるし、そもそもそのサンドイッチはあなたのために作っているのではないと言いたい。

お客さんのなかには親しげに私に声をかけてくる人もいた。久しぶり。ずいぶん繁盛してるじゃない。今日は娘と実家に遊びにきたのよ。やだわかんないの、同じクラスだった岡本めぐみよ、今は吉田だけど。ほらふとん屋の……。

岡本ふとん店の岡本めぐみなら覚えているけど、話しかけてきたおばさんの顔には見覚えがなかった。

岡本めぐみに良い印象はない。子供の頃、ねずみの店と言ってよくからかわれたからだ。実際ねずみの姿を見たわけでもないのに。

わたしの知る限り、ねずみを見たことがあるのは、宮村酒店の宮村陽太郎くんだけだ。一度うちにパンを買いにきてくれた時、店内で運悪く遭遇したのだ。宮村陽太郎くんは鼓膜がやぶれるかというくらいの悲鳴を上げて外に飛び出していき、その後二度とうちに近づくことはなくなった。

あの人がきた時にねずみに出てこられては困る。閉店後、父に協力してもらい、店中を大掃除した。

これでいつあの人がきても大丈夫、そう思ったところであの人はこなかった。どんなに店内を清潔に保っても、サンドイッチの数を増やしても、あの人がこないのだったら意味がない。具の種類だって様々な組み合わせに挑戦したのだ。どれもおいしくできたけど、あの人と一緒に笑いながら食べたイチゴジャム&マーガリンの味には敵《かな》わなかった。きっとこれから先もあの味を超えるものはできないだろうと思っていた。そんなある日。

私はいつものように店番をしていた。途中トイレに行きたくなって二階へ上がり、またレジ作業の続きに戻るため階段を降りてきたところだった。ふと正面を向いた私の目に、ガラス窓の向こうを横切っていくあの人の姿が飛び込んできた。運が良かったのだ。レジを打つことに集中していたり、いすに座って本を読んでいたりしたら見逃していたところだった。私が戻ってくるのを待っていたお客さんが数人並んでいたけど、迷わず外へ飛び出した。

メガネの木本、肉の真島屋、丸味食品……、次々目の前に現れるなつかしい景色に目をとめる余裕もなく、人のかげに隠れてしまいそうなあの人の後ろ姿を見失わないよう、あとを追った。目印は頭を覆う小花柄のピンクのスカーフだ。いつも巻いている。あれは変装と関係なかったのだ。

あともう少しで追いつきそうだ、というところで、あの人は一軒の店の扉の前で立ち止まった。白い手提げバッグのなかから鍵を取り出し、店の入り口の扉を開けてそのなかに入っていった。

そこは商店街の入り口にほど近い店で、たしか酒屋だったような気がするのだが、酒屋の看板はどこにも見当たらず、代わりにアルファベットで店名が描かれた白い板が軒下にぶら下がっていた。

これがあの人の店だった。

いつのまにオープンしていたのだろう。

電信柱のかげに隠れて店内の様子をうかがっていると、店の奥からスカーフとおそろいの柄のエプロンを着けたあの人が現れた。

手にしたトレーには白くて丸いパンがいくつか並んでいた。それをひとつひとつトングで摑んで棚に並べていく。並べ終えるとまた奥に姿を消し、すぐに出てきて、私がいつもそうしているように、レジの奥に置いてあるいすに腰掛けた。台の下から重たそうな雑誌を取り出すと、ゆっくりとした動作で雑誌のページをめくりはじめた。

二十分くらい雑誌を読んでいた。ふいにまた立ち上がった。店の奥に消えてしばらく出てこなかった。出てきた時にはさっきと違う種類のパンがのったトレーを手にしていた。それを棚に並べ終えると、また奥に引っ込んで、今度はマグカップを手に戻ってきた。

飲み物を飲みつつゆっくりと雑誌のページをめくる……。

Openの札がかかっているのだから営業はしているのだろうが、お客さんはひとりも入っていなかった。表に面するガラス窓にはアルバイト募集の張り紙が貼ってあったけど、とてもその必要はなさそうだった。何度目かのあくびのあと、とうとう居眠りを始めてしまった。

まるで少し前の自分の姿を見ているみたいだった。

村尾ベーカリーと印刷された紙袋を手にした人が何人か、電信柱の前を通り過ぎていった。「あんた何やってんのこんなとこで」「親父さんひとりで大変そうだよ」「早く帰って手伝ってやんなよ」おせっかいな人たちに何度か肩を叩かれたけど、あの人のことが気になってその場から動けなかった。

どのくらい時間が経っただろう。居眠りから目覚めたあの人がゆっくり頭を起こし、あたりをきょろきょろと見回した。その時、電信柱のかげに立っていた私と図らずもガラス越しに目が合った。あの人はそこで初めて目が覚めたような顔をした。一瞬気まずそうな表情を浮かべたが、すぐにいすから立ち上がり、こちらに向かってゆっくりと頭を下げた。いつも丁寧な人だ。

店の扉に近づいていくと、相手が先におもてに出てきた。

「……こんにちは」

「こんにちは……。あの」

久しぶりに言葉を交わしたその時だった。

「パン屋さんだーっ」

突然、無邪気な子供の声が割って入った。振り向くと、ランドセルを背負った男の子がこちらを指差して立っていた。

「あら、たけるくん」

と、あの人が言った。

「今帰り？」

「うん。パン屋さんは？　何やってんの」

「わたしはね、お仕事中」

「今日お客さんきた？」

「うーんあんまりこなかったかなあ。でも大丈夫。明日はたくさんくると思うの」

「パン屋さん、ぼく今日百点とったよ」

「百点？　すごーい」

「見せてあげようか」

男の子の名前は斎藤たけるだ。斎藤文具店の息子、小学一年生。その場にしゃがみこんでランドセルのなかを探りはじめた。すると後ろからまた別の子供がやってきた。今度は二人連れだった。

「パン屋さんこんにちはー」

「こんにちは。真奈美ちゃん。翔くん。学校楽しかった？」

「うん楽しかった。今日もドッヂ勝ったよ」

「あたし楽しくなかった。だって橋本先生お休みだったんだもん」

「橋本先生何かあったの？」

「東京にしゅっちょーだって」

「あらそうだったの」

「あった！　見てほら百点」

「まあすごい」

「パン屋さんこんにちはー」

「こんにちはみずほちゃん」

「パン屋さんは東京行ったことある？」

「東京？　ないなあ」

「じゃあ箱根《はこね》は箱根」

「箱根もないの。今度が初めて」

「うそお。おれもう三回目。すげえおもしろいよ箱根。温泉なのにプールみたいなのがあって」

「ぼくも三回」

「あたし次で二回目」

「わあ。すごいねえみんな」

「パン屋さんこんにちはー」

「こんにちは仁志くん」

「パン屋さんこんちは」

「こんにちは雄大くん」

「ねえねえパン屋さん、バスの席隣り同士で座ろうよう」

「あっずるい。あたしも」

「ぼくもパン屋さんと座る」

「だめ。あたし」

話は大変盛り上がっていた。何の話をしているのかはわかる。半年に一度開催される、桜尾通り商店街振興組合のバス旅行の話をしているのだ。

今回も箱根に行くらしい。箱根はこれで何回目だろう？　前回は熱海《あたみ》でその前は草津《くさつ》だった。その前の山中《やまなか》温泉は雨だった。毎回たくさんの写真がさくらお通信に掲載されるので知っている。

「もうプレゼント買った？」

「まだよ。みんなはもう買ったの？」

「ううんまだ」

プレゼント。バス旅行恒例のくじ引き大会に持ち寄る品物のことだ。各自が用意した品物にはあらかじめ番号がふってある。旅館での夕食のあと、一斉にくじを引き、書いてある番号と同じ番号の品物がもらえるのだ。生ものや酒類以外と決められていて、手作りか、買うなら五百円以内。

「あさっての日曜日にみんなで隣り町まで買いに行くんだ」

「パン屋さんも一緒に行かない？」

「うーん。行きたいけどお店があるから……」

「行こうよう。パン屋さんも行こうよう」

「うーん」

「ねえいいでしょう。パン屋さん」

「おいみずほ。しつこいぞ。パン屋さん困ってんだろ」

「いいのよ。じゃあ日曜日はお店開けるのお昼からにするわ。午前中はみんなと一緒にお買い物」

「やったー」

ちょっと。

「ゆびきりしよう」

「ちょっと待って！」

ゆびきりげんまんの途中だったがさえぎらずにはいられなかった。

その場にいた全員が動きを止めて、私のほうを振り向いた。

「さっきから、そのパン屋さんパン屋さんっていうのやめてくれる」

だあれ？　南みずほが隣りに立っていた深川真奈美に聞いた。

「パン屋の娘よ」

と私がこたえた。「パン屋さんっていうのは、うちの店のことなのよ」

深川真奈美が、「あっちの、出口のところのパン屋さんよ」と南みずほに小さな声で教えてやった。

違うよあれは入り口だよ出口はこっちだろ、といけまつ靴店の池松翔が口をはさんだ。

何言ってんの、駅がこっちにあるんだからこっちが入り口じゃないの……。

でもあっちに行ったらバス停あるじゃん……。

真奈美と翔の議論は続いていたが、みずほが私の顔とあの人の顔を不思議そうに見比べて、パン屋さん？　とあの人に向かって聞いた。

「そうよ」

と、私がこたえた。

「お父さんがあの店もうすぐなくなるって言ってた」

と言ったのはブティックＭＯＭＯの桃井ことみだった。

「なくならないわよ」

「なんかね、引っ越すって」

「引っ越さない。続ける」

「でも言ってたもんお父さん、なくなるって」

「本人がなくならないって言ってるんだからなくならないの」

「はい質問」

と、神田仁志が手を挙げた。

「おばさんパン焼けんの？　座ってるとこしか見たことないんだけど」

「父が焼くの」

がいこつじじいか。小声で言ったのは肉の真島屋の真島雄作、じゃなくて息子の雄大だった。親子そろって口が悪いのでまちがえた。

「村尾ベーカリーでしょ？　うちのママがよくサンドイッチ買ってくるの。おいしいよ」

と言ったのはヒガキ堂薬局の桧垣ゆりだった。

「うちで買ってくれてるの？」

「うん」

「げーっまじかよ。やめといたほうがいいぞ。あの店のパン全部ねずみにかじられてるんだぜ」

「うそお」

「まじまじ。有名な話」

「うそよ。ちょっとやめてよ。うそ言わないでくれる」

「だってみんな言ってるもんねずみ出るって」

「それ一体いつの時代の話？　うちにはねずみなんか一匹もいないけど」

「ほんとかよ」

「ほんとうよ。チューコロリしたんだから」

「ぼくも食べたことあるよ。サンドイッチおいしかったよ」

と言ったのは田島商店の田島賢人だが、言った直後に「あ、でもパン屋さんのサンドイッチもおいしいよ」と、あの人に向かってそう言った。

「ありがとう」

あの人はにっこり微笑み、賢人の頭を手のひらでやさしくぽんぽんした。「きっと田島商店の新鮮なお野菜使ってるからだわ」

えへへ、賢人が照れていた。

「ねえパン屋さん。おれんちの肉はどう？」

真島雄大が聞いた。

「真島屋の特製チャーシューのおかげでうちの看板メニューができたのよ。あんなにおいしいチャーシューは他にないわ」

「だろ？　おれんちの肉使ってるからこっちの勝ちだ。あっちのパン屋はねずみ出るし」

「出ないってば。うそだと思うなら見にきてよ」

「だってよ。みんなどうする」

「えー？」

「みんなできてよ。それで出なかったらもう二度とねずみ出るって言わないで」

「お菓子ある？」

「お菓子？　あったと思う」

「よし。行ってやろうじゃん。行こうぜみんな」

「あなたもきてよ」

あの人に言った。

「パン屋さんも行こうよう」

みずほが言い、あの人のブラウスの袖を引っぱった。あの人はみずほの頭をやさしくなでながら、困ったような顔をしていたけど、私がもう一度、強く「きてよ」と言うと、顔を上げてうなずいた。

「決まり！」

「ちょっと待って、一回家に帰ってランドセルおいてくる」

「あ、おれも」

「あたしも」

「集合何時にする？」

「五時は？」

「いいよ」

「じゃあ五時に私の家ね！」

一旦別れて家に戻った。

別れ際に雄大が魚青の慎一郎と坂本呉服店の夕貴にも声をかけてみると言っていたので、かなりの人数になりそうだった。

冷蔵庫のなかのジュースとお菓子だけでは足らないかもしれない。ちょうど父が二階でひまそうにテレビを見ていた。

「お父さん、マドレーヌか何か作って。急いで」

「……どうしたんだよ一体」

「あんぱんでもいい。みんながくる前に」

「みんなって誰だい。誰がくるんだ」

「いいから超特急でおねがい」

「だってもう材料がないよ」

「ええ？　じゃあコッペパンでいいや。ジャムはさむから」

「もう材料がなくなったんだよ」

「コッペパンだよ？　作れるでしょうが」

「それがなくなったんだよ。ついさっき」

「うそでしょう」

「やっと終わったんだよ。やっと……。ああ疲れた。ああしんどかった。あとは津山に帰るだけ……」

「困るんだけど！　材料注文してきてよ」

「おい何言ってんだゆうこ。やっと終わったところなんだよ」

「終わらせない」

「おい、ちょっと……」

私は両手で父の肩を摑み、まっすぐ目を見て言った。

「お父さんならできる」

父は首を横に振った。

「あとそうだ。これからサンドイッチの材料は全部商店街の店で調達することに決めたから。いいでしょ」

「ゆうこ……。この通り、お父さんもう年なんだよ。とても体がついていかない…

「……」

「またそんなこと言って」

「……それにほら、入り口のところに新しいパン屋ができたそうじゃないか？　お客はどうせあっちに流れていくさ。うちは用済みというわけだ。な、ちょうどよかった。誰がわざわざこんなはずれの店に」

「はずれ？　お父さん今はずれって言った？　ちょっとおもてへ出てよ」

外へ連れて行こうと腕を引っぱると、父はいやがった。

「痛い、やめなさい、やめろ」

「あのねお父さん、商店街にははずれもあたりもないんだよ。出口も入り口もない。知ってた？　知らなかったでしょう。ほらしゃんとして」

抵抗する父の両脇に腕を差し込み、ほとんど引きずるようにしながら店の外へ出た。アーケードをくぐると、目の前には橋がかかっている。わたしは橋を渡ったところまで父を連れて行った。

「しゃきっとして」

背中をばん、と叩《たた》くと少ししゃきっとなった。

「顔上げて。あご引いて。お父さんはいつも下ばかり見てる。だから背骨が曲がるの。

ほら顔を上げる」

後ろ髪を摑んで引っぱった。

「ほら見える？　あれなんて書いてある」

父の口がぱくぱく言っていた。

「え？　何？」

「……よ、ようこそ桜尾通り商店街へ……って書いてある」

「そう」

私たちの立っているところから、コンクリートの橋をはさんですぐに商店街は始まっている。アーケードの入り口を飾るのはプラスチック製のしだれ桜だ。両脇に枝が三本ずつ、一年中さらさらと風に揺れている。見上げると魚や牛やリンゴや白菜がアーチ状に並んで描かれた看板がかかっている。その上に、大きな桜の花びらが立体的に浮かび上がっていて、この花びらひとつひとつに文字が刻まれているのだ。

「ねえお父さん。あれ見てるとさ、私たちこれから始まるんだなっていう気にならない？　なるでしょ？……何？」

「……材料がない」

「まだ言ってる。いいよ私が注文するから。あとで注文の仕方教えてくれる」

「だけど津山に」

「津山はもういい。お父さんは死ぬまでここで働くの」

「おばあちゃん足悪いだろ」

「心配ないない。おばあちゃんならひとりでも生きていける」

「そうかな……」

「そうだよ」

「そうか……。あ、畑。畑のことはどうしよう」

「ちゃまが代わりに耕してくれるよ」

「猫にできるのか」

「できるよ」

「そうか。ちゃまかしこいから」

「そういうこと」

「お父さんまだやれるかな」

「やれるよやれるよ」

「よしやるか」

「そうだその意気。あ、なんなら私もパン焼くの手伝おうか。あとで焼き方教えてくれる？　それと組合入りたいんだけど誰に言えばいいの？」

と、父の顔をのぞきこんでおどろいた。顔面が真っ白で全然目の焦点があっていないのだ。

「ちょっとお父さんどうしたの、しっかりしてよ」

私が揺さぶれば揺さぶるほど父の体から力が抜けていった。下の関節から順番にぺたんぺたんとくずおれていき、その場にへたりこんで動かなくなった。

「起きてよ、お父さん、おねがい」

材料の注文の仕方も、パンの焼き方も、組合の入り方も、まだ何も聞いていない。途方に暮れて立ちつくしていると、どこからともなく、ゆったりとした音楽が聞こえてきた。毎日日暮れ時になったら聞こえてくる「夕焼け小焼け」のメロディーだった。もう五時だ！

橋の向こうに目をやると、思った通り、小さな人影がたくさん集まってきているのが見えた。ちょうどうちの店の前だった。約束の時間を過ぎたのに店に誰もいないから心配しているのかもしれない。みんなで輪になり、何やら相談しているようすがこちらからも見て取れた。

やがて影のなかのひとりが私に気がつき、向こうから大きく手を振ってきた。

私も大きく手を振り返した。みんな待っている。だけど。
私は動かなくなった父を見た。
いいのだろうか。
大丈夫なのだろうか。
私は大きな声で桜尾通り商店街のみんなに聞いてみた。
「私だけでも大丈夫ー？」
返事はかたまりになってすぐに返ってきた。
そういえば、あの人の店、たしかアルバイトを募集していたはず。顔を上げると、
大きな桜の花びらに刻まれた文字がたしかに私を歓迎していた。

解説　今村さんにきいたこと

瀧《たき》井《い》朝《あさ》世《よ》（ライター）

今村夏子の登場は衝撃的だった。二〇一〇年に太宰治賞を受賞したデビュー作「こちらあみ子」（応募時タイトルは「あたらしい娘」）が大評判となり、翌年、同作を表題とした作品集で三島由紀夫賞を受賞。しかしその後しばらく筆は途絶える。二〇一六年に西崎憲《にしざきけん》に依頼され、彼が編集長をつとめる文学ムック『たべるのがおそい』に久々の新作「あひる」を発表、同作を表題とした短篇集で河合隼雄物語賞を受賞。二〇一七年には『星の子』で野間文芸新人賞受賞。『父と私の桜尾通り商店街』は二〇一九年二月に単行本が刊行された、著者にとって四作目の書籍である。

発表当時、メールでインタビューすることができた（「本の旅人」二〇一九年三月号掲載）。著者が取材に応じることは現時点では非常に珍しく、また貴重な創作裏話を教えてもらえたので、ここに残しておく。なお、紙幅の都合で記事に載せられなかった部分を補うなど若干の加筆修正をしたこと、文庫化にあたり新たに加わった「冬の夜」への言及はないことをご了承いただきたい。

——毎回、短篇を書く時は、テーマやモチーフはどのように選ばれているのでしょうか。

今村　毎回自分で自由に決めています。実際に経験したり、見聞きしたエピソードをもとに、話を膨らませていくことが多いです。

——巻頭の作品、「白いセーター」の最初の発想はどこにありましたか。

今村　十五年ほど前、高校時代からの友人とお好み焼きを食べに行った時、私は買ったばかりのコートを着ていました。店内で、お好み焼きの匂いがコートに付くんじゃないか、と一人ブツブツ言っていたところ、一緒にいた友人が自分の着ていたコートで、私のコートを包んでくれました。その時の思い出を小説にしたくて、構想を練り始めました。

——主人公は、婚約者と暮らす女性です。彼女が彼の甥《おい》っ子《こ》姪《めい》っ子《こ》の面倒を見なければならなくなり、そこで行き違いが生じてしまう。

今村　子供っぽくて嘘つきの女の人と、無口で冷静な男の人、という設定を考えました。男のほうは、優しいのか冷たいのかよくわからない性格をしています。女に理解を示しているように見えて、本音や決定的なことは何も言わない、という男の性格が表れる場面にしたくて、最後の二人の会話を考えました。それと、主人公が途中、子供たちによって、ついた嘘が暴かれそうになる場面を入れたいと思いました。子供は子供で、実際の出来事を誇張して話す傾向があるので、その二つが衝突して、あのような言い争いの場面ができました。

主人公は現在独り身という設定です（書いた本人にしかわからない設定となっております……）。だから白いセーターは、かつて婚約者だった人との、唯一の思い出の品です。これは「一度しか袖《そで》を通さなかった、白いセーターにまつわる思い出」を書いたものです。

――「ルルちゃん」は主人公が、たまたま知り合ったご近所さんの家に遊びに行くと、そこに不似合いな知育人形があった、という過去を語って聞かせます。

今村　これは初対面の人の家へ遊びに行って、戸惑った話を書きたいと思ったのがきっかけです。なぜ思い出を語る形になったのか、よく思い出せないのですが、おそらくリアルタイムで書き進めていたのが、収拾がつかなくなり、何度も書き直すうちにこういう形に落ち着いたのだと思います。語って聞かせるという形をとることで、私自身、こんがらがった頭の中を整理しようとしたのかもしれません。

――「ひょうたんの精」は、七福神がお腹に宿ったという先輩と、彼女を見守る後輩の話。ユーモラスな不思議譚《たん》です。

今村　一番初めは何を書こうとしていたのか、もう思い出せないのですが……。最初は、お腹が空《す》いたらセミを捕まえて食べる、たくましい女の人を書こうとしたのだったと思います。超現実的な話を書く、と決めていたわけではなく、物語の着地点を模索するうちに、こういう形になりました。途中で頓挫《とんざ》しかけた時には、主人公と同じように、ひょうたんについてネットで検索し、これからの展開をどうするか考えました。

――「せとのママの誕生日」はスナックで働いていた女性たちが、ママの誕生日に集まる話。以前発表された短篇「ピクニック」もお店で働く女性たちの話でしたが、こうしたモチーフに惹《ひ》かれますか。

今村　女性ばかりが働くお店では何かが起こりそうな予感があります。女の子同士が会話する場面も、書いていて楽しいです。ただ、「せと」のママは、暴力的なところがあるので、私はちょっと苦手です。こういう人が身近にいたら、一生懸命ゴマをすって、何とか気に入られるようにがんばると思います。敵に回すと怖そうなので、びくびくしながら接することになると思います。

――眠りこけているママに対して彼女たちがとる行動が儀式的ですね。

今村　仰向《あおむ》けに横たわるママは、生きているのか死んでいるのかわからないような状態です。女の子たちは、ママの誕生日を祝うために集まったと言っていますが、本音では、ママの死を待ち望んでいます。干からびたしいたけが献花のようにママのへその上に置かれ、そのあとも様々な女の子の商売道具がママの体に載せられ、最後はママの全身を覆ってしまいます。彼女たちなりの、ママへの弔い行為をイメージして、この場面を書きました(正確に言えばママはまだ息をしているのですが)。

――「モグラハウスの扉」では、小学生たちが工事現場の男性と親しくなる。

今村　これは工事現場の作業員と子供たちの交流物語を書きたいと思ったんです。小学校時代、工事現場の近くを通ることは、楽しみでした。工事現場には、にこにこおじさんと呼ばれるおじさんがいて、奥さんの手作りのビーズのアクセサリーを近所の小学生たちに配っていました。とてもやさしい方で、子供たちの人気者でした。元は、あのおじさんの話を書きたかったのです。考えているうちに全然違う話になってしまいました。

――学童のみっこ先生の不器用さが切ないです。

今村　一人の男性をずっと思い続ける女性を書こうと思いました。後日譚では、みっこ先生の一途《いちず》さと、その一途さを利用しようとする主人公を描きました。パッとしない人生を送っている主人公が、現実から逃げ出すための手段として、みっこ先生の一途さを利用する、という展開になっているので、みっこ先生は、最後まで気の毒です。構想を練る時は、毎回ハッピーエンドにしたいと思うのですが、書き進めるうちに、悲しい終わり方になることが多いです。

――「父と私の桜尾通り商店街」の最初の発想はどこにありましたか。

今村　商店街が好きなので、商店街で暮らす人々の話を書きたいと思いました。当初は、どちらかというと、商店街で商売することの楽しさや、人と人とのつながりを描きたいと思っていた気がします。ただ、以前、商店街の近くで暮らしていた頃、閉店や喧嘩《けんか》なども目にする機会があったため、物語にはマイナス面がより多く出てしまいました。私自身、人付き合いが得意ではないので、そのことも物語に影響していると思います。

――主人公のパン屋の娘が、商機の訪れにはおかまいなしに、たった一人の客のためにサンドイッチを作ろうとする。あの心理が、もどかしくもあり、純粋でもあり。

今村　子供の頃から仲間外れにされていた娘は、商店街での商売にはまったく関心がありません。店が持ち直したところで、娘にとってのハッピーエンドにはならないと思い、そういう展開を避けました。娘はずっと友達が欲しいと願い続けていたので、最後は、その願いが叶《かな》う展開にしたいと思い、このようなラストシーンにしました。

――今村さんの作品には健気《けなげ》で懸命だけれど、傍《はた》からみていると「ズレている」と感じさせる人々が多く登場しますよね。

今村　どうしてもそうなってしまいます。他の人を書いているつもりでも、書き終えたものを読み返したら、いつも同じ人を書いているような気がします。一生懸命さが痛々しいというか、見ていられないです。でもそこが魅力だとも思います。

――デビュー作である「こちらあみ子」を書くまでは小説を書かれたことはありましたか。

今村　ありません。学生時代に漫画を描いて雑誌に投稿したことはあります。

――小説を書く時、事前に細かくあらすじを組み立てますか。

今村　事前にあらすじを組み立てようとして、途中で挫折《ざせつ》することが多いです。とりあえず組み立て終わっているところまで書こうとするのですが、うまくいかず、また一から組み立てはじめ、そしてまた挫折、ということを何度も繰り返します。その間に全然違う話になります。

――『こちらあみ子』以降しばらく小説を書かない時期がありましたが、その後『たべるのがおそい』で久々に短篇「あひる」を書かれましたよね。編集長の西崎憲さんから依頼があった時、どうして気持ちが動いたのでしょうか。

今村　一時は、もう書くことがないと完全に諦《あきら》めていましたが、時間が経つにつれ、「あの時の、あの場面を、物語にできないかな」と思うことが、徐々に増えていきました。西崎さんからお話を頂いた時には、「機会があれば、いつかまた小説を書いてみたい」という気持ちがあったと思います。プレッシャーに弱いため、「自分の楽しみのためだけに書いてください」という西崎さんのお言葉が、とてもありがたかったです。

――いま、小説を書くことは楽しいですか。原動力となっているのは何ですか。

今村　集中している時間だけ、楽しいです。それ以外の時間は、苦痛です。原動力となっているのは、締め切りです。

――今後、どのような小説を書いていきたいですか。

今村　毎回、何か書き終えるたびに、これでもう書くことがなくなった……、と悲しい気持ちになります。ですから、この先まだ何か書けるのだとしたら、それがどのような小説でも嬉《うれ》しいです。

不穏と[illegible]実さと合理性のなさが融合して予測もつかない展開を迎える今[illegible]ビューをしてみて、それぞれの話の出発点の意外性（まさか「ひょう[illegible]村作品」の出発点が「丸刈りピンクおばさん」だとは！）や、著者自身も着地点が見えていないことが多いと分かり、だからこそ毎回、読者を予想外のところへ連れていってくれるのだと腑《ふ》に落ちた。懸命になればなるほど〝世間〟や〝常識〟から外れていく人々が登場するのも彼女の作品の特徴だが、「一生懸命さが痛々しいというか、見ていられないです。でもそこが魅力だとも思います」という言葉に胸を衝《つ》かれた。登場する不器用な人たちはほとんどが孤独だが、でも見守っている存在が必ず一人いるのだ。それは著者自身だ。時に暴走する彼女たちをどうにも憎めないのは、そこに著者の柔らかな愛情があるからだろう。

今村夏子は本書以降、二〇一九年に発表した『むらさきのスカートの女』（朝日新聞出版）で芥川賞を受賞。二〇二〇年には三篇を収めた『木になった亜沙』（文藝春秋）を刊行し、読者を圧倒し続けている。彼女が新作を発表すると、書いていて楽しい状態が続いているのだなと、なんだかほっとする。この先もずっと、ほっとしていたい。

本書は、二〇一九年二月に小社より刊行された単行本を文庫化したものです。文庫化にあたり、「冬の夜」（「文芸カドカワ」二〇一七年八月号掲載）を新たに収録しました。

父《ちち》と私《わたし》の桜《さくら》尾《お》通《どお》り商《しょう》店《てん》街《がい》

今《いま》村《むら》夏《なつ》子《こ》

令和4年 1月25日　初版発行
令和6年 11月25日　5版発行

発行者●山下直久

発行●株式会社KADOKAWA
〒102-8177　東京都千代田区富士見2-13-3
電話　0570-002-301(ナビダイヤル)

角川文庫 22992

印刷所●株式会社KADOKAWA
製本所●株式会社KADOKAWA

表紙画●和田三造

●お問い合わせ
https://www.kadokawa.co.jp/ (「お問い合わせ」へお進みください)
※内容によっては、お答えできない場合があります。
※サポートは日本国内のみとさせていただきます。
※Japanese text only

ISBN 978-4-04-111896-2　C0193

◆◇◇

角川文庫発刊に際して

角川源義

第二次世界大戦の敗北は、軍事力の敗北であった以上に、私たちの若い文化力の敗退であった。私たちの文化が戦争に対して如何に無力であり、単なるあだ花に過ぎなかったかを、私たちは身を以て体験し痛感した。西洋近代文化の摂取にとって、明治以後八十年の歳月は決して短かすぎたとは言えない。にもかかわらず、近代文化の伝統を確立し、自由な批判と柔軟な良識に富む文化層として自らを形成することに私たちは失敗して来た。そしてこれは、各層への文化の普及滲透を任務とする出版人の責任でもあった。

一九四五年以来、私たちは再び振出しに戻り、第一歩から踏み出すことを余儀なくされた。これは大きな不幸ではあるが、反面、これまでの混沌・未熟・歪曲の中にあった我が国の文化に秩序と確たる基礎を齎らすためには絶好の機会でもある。角川書店は、このような祖国の文化的危機にあたり、微力をも顧みず再建の礎石たるべき抱負と決意とをもって出発したが、ここに創立以来の念願を果すべく角川文庫を発刊する。これまで刊行されたあらゆる全集叢書文庫類の長所と短所とを検討し、古今東西の不朽の典籍を、良心的編集のもとに、廉価に、そして書架にふさわしい美本として、多くのひとびとに提供しようとする。しかし私たちは徒らに百科全書的な知識のジレッタントを作ることを目的とせず、あくまで祖国の文化に秩序と再建への道を示し、この文庫を角川書店の栄ある事業として、今後永久に継続発展せしめ、学芸と教養との殿堂として大成せんことを期したい。多くの読書子の愛情ある忠言と支持とによって、この希望と抱負とを完遂せしめられんことを願う。

一九四九年五月三日

角川文庫ベストセラー

あひる
今村夏子

わが家にあひるがやってきた。名前は「のりたま」。近所の子供たちの人気者になるが、体調を崩し、動物病院に運ばれていってしまう。2週間後、帰ってきたのりたまはなぜか以前よりも小さくなっていて——。

少女奇譚　あたしたちは無敵
朝倉かすみ

小学校の帰り道で拾った光る欠片。敵と闘って世界を救うヒロインに、きっとあたしたちは選ばれた。でも、魔法少女だって、死ぬのはいやだ。(表題作)など、少女たちの日常にふと覗く「不思議」な落とし穴。

君たちは今が世界《すべて》
朝比奈あすか

6年3組の調理実習中に起きた洗剤混入事件。犯人が名乗りでない中、担任の幾田先生はクラスを見回してこう告げた。「皆さんは、大した大人にはなれない」先生の残酷な言葉が、教室に波紋を呼んで……。

落下する夕方
江國香織

別れた恋人の新しい恋人が、突然乗り込んできて、同居をはじめた。梨果にとって、いとおしいのは健悟なのに、彼は新しい恋人に会いにやってくる。新世代のスピリッツと空気感溢れる、リリカル・ストーリー。

はだかんぼうたち
江國香織

9歳年下の鯖崎と付き合う桃。母の和枝を急に亡くした、桃の親友の響子。桃がいながらも響子に接近する鯖崎……〝誰かを求める〟思いにあまりに素直な男女たち＝〝はだかんぼうたち〟のたどり着く地とは——。

角川文庫ベストセラー

角川文庫ベストセラー

愛がなんだ　角田光代

OLのテルコはマモちゃんにベタ惚れだ。彼から電話があれば仕事中に長電話、デートとなれば即退社。全てがマモちゃん最優先で会社もクビ寸前。濃密な筆致で綴られる、全力疾走片思い小説。

傘をもたない蟻たちは　加藤シゲアキ

天才肌の彼女に惹かれた美大生の葛藤。書いた原稿がそのまま自分の夢で再現される不思議な現象にのめりこんでいく小説家の後悔……単行本未収録作「おれさまのいうとおり」を加えた切ない7編。

女神記　桐野夏生

遙か南の島、代々続く巫女の家に生まれた姉妹。大巫女となり、跡継ぎの娘を産む使命の姉、陰を背負う宿命の妹。禁忌を破り恋に落ちた妹は、男と二人、けして入ってはならない北の聖地に足を踏み入れた。

緑の毒　桐野夏生

妻あり子なし、39歳、開業医。趣味、ヴィンテージ・スニーカー。連続レイプ犯。水曜の夜ごと川辺は暗い衝動に突き動かされる。救急救命医と浮気する妻に対する嫉妬。邪悪な心が、無関心に付け込む時——。

二重生活　小池真理子

大学院生の珠は、ある思いつきから近所に住む男性・石坂を尾行、不倫現場を目撃する。他人の秘密に魅了された珠は観察を繰り返すが、尾行は珠と恋人との関係にも影響を及ぼしてゆく。蠱惑のサスペンス！